까미야 하미야

책을 펴내며

내 삶의 터전, 이기울에서

비탈밭, 자갈밭이 평지가 되도록 갈고 닦았습니다.

눈물로 얼룩진 힘든 과정의 생각을 바꾸고 나니

꼭 잠가둔 아픈 기억들이

겨울의 긴 터널을 벗어나

보리밭 새싹처럼 푸르고 푸르게 기쁨으로 돋아납니다.

동쪽 하늘 붉게 수놓은 아침노을과

저녁나절 문수산 해넘이

붉게 타오르는 노을에 반해서

아집의 허물 벗어놓고, 무소유 다짐을 반복했습니다.

이제, 텅 빈 가슴

아침마다 찾아오는 빛살의 기쁨으로 가득 채워놓겠습니다.

또한, 제 혀와 입술이

함부로 이웃을 비판하지 말고

제 귀가 남의 말을 허투루 분별하는

잘못에서 벗어나기를

가장 낮은 자세로 하늘에 계신 아버지께 기도합니다.

2024년 3월 15일 사순절에

辛相淑 마리아

목차

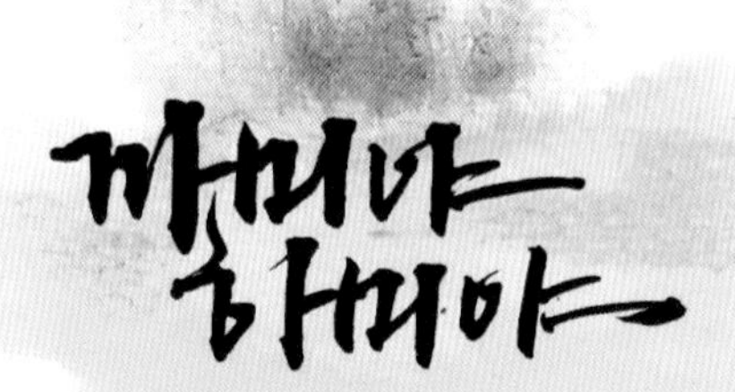
까미야 하미야

목차

1장 삶은 鷄卵이다

· 못밥이야기
· 문수산에 물들다
· 새대가리
· 정유년 수탉이야기
· 貧者의 여름
· 삶은 鷄卵이다
· 병아리야 봄나들이가자
· 기적 살이

논배미에 덩치 큰 이앙기가 오락가락하더니, 여남은 사람이 종일 심어도 버거울 천오백여 평의 모내기를 두어 시간에 해결한다.

새참으로 통닭과 자장면이 논두렁까지 달려오고 입가심으로 커피까지 주문해 마시는 광경을 신기해하던 이웃들이 보이질 않는다. 새참을 담아 나르던 광주리와 어른들이 맏손자처럼 애지중지 여기시던 농사용 도구까지 헛간 후미진 구석으로 좌천이다. 쟁기와 써레가 사라진 논두렁에 못 줄잡이의 흥겨운 가락마저 수렁논으로 가라앉은 지 오래다.

논농사에는 모내기가 제일 중요한 부분을 차지하기 때문에 집집마다 못자리와 모판을 만들기 위해 온갖 정성을 다 들였다. 지금은 기계로 모든 작업이 이루어지고, 한 술 더해 모판이 판매와 동시에 배달도 가능하다니, 못자리 걱정과 모판 걱정은 그만 내려놓아도 좋을 것이다. 한데, 뭔 이유인지 여자들 일거리 줄어든 만큼 사람의 수가 점점 줄어든다. 아이들 웃음소리와 갓난아기 울음소리조차 하늘로 치솟은 건지 온 동네가 이렇게 조용할 수가 없다. 일부러 동네 한 바퀴 돌아다녀 봐도 어른과 아이를 만나기가 그리 쉽지 않으니 도대체 까닭을 모르겠다.

못밥 이야기

밭농사와 논농사 모두 사람의 손을 빌려야만 가능하던 시절에는 소가 큰 재산이고, 농사일도, 소 없이는 불가능했다. 그러나 전답이 턱없이 부족한 소농은 송아지 한 마리 키우는 것조차 그림의 떡이다. 사정이 이러하다 보니 남의 소를 빌려다 논이나 밭을 갈아야 하는데, 쟁기질과 써레질도 나름 기술이어서 아무나 할 수 있는 게 아니었다. 게다가 낯가림하는 소에게는 함부로 다가설 수도 없는 노릇이니, 소 주인에게 품삯을 곱으로 챙겨주며 논갈이와 밭갈이를 부탁하는 수밖에 다른 방법이 없었다.

결혼 후, 시댁에서 처음으로 알게 된 사실이다. 두 집에서 소 한 마리를 한 달 간격으로 번갈아 가며 키우는 게 아닌가. 우리 남편 말하기를 살림살이 넉넉하지 못한 이웃끼리 송아지를 사서 어우리로 기르는 것이라 한다. 이 금쪽 같은 송아지가 자기네 집으로 오는 날이면 가족 모두가 함박웃음이다. 가마솥 가득 쇠죽을 쑤어 놓고 외양간이 보송하도록 볏짚도 깔아 놓는다. 앞마당에 비질까지 하면서 훌쩍 자란 중송아지가 사립문으로 들어서길 기다리는 모습들이 참 순박해 보였다. 이처럼 살가운 이웃들이 부잣집에서 새로 들여놓은 농기계가 뿜어내는 굉음에 기가 죽어 아주 멀리 달아난 건 아닌가 싶다.

친정 부모님께서 농사지으실 적에는 동네 여자들이 모내기하는 집으로 총출동했다. 국 광주리와 밥 광주리 반찬 광주리까지 따로따로이고서 일터로 나가야 하기 때문이다. 이땐, 소문난 말괄량이라도 엄청나게 조신해진다. 혹여, 엉성한 광주리 바닥을 통과한 반찬 국물이 등줄기로 흘러내려 단별 적삼이 더러워지는 건 아닐까? 싶어 조심에 조심을 더하는 것이다. 우리가 농사를 지으면서 곁두리라는 새로운 단어를 알았다. 궁색한 살림에 새참과 곁두리까지 준비하느라 이 동네 어머니들 먹을거리 준비로 고생이 이만저만 아니었을 것이다.

서울에서 아이들 삼 남매가 초등학교 다닐 때이다. 부모님의 부족한 일손을 돕기 위해서 서울 수유동에서 내려온 큰 며느리에게 우리 시어머니 새참 광주리 머리에 얹어주시며 들녘으로 나아가라 하셨다. 광주리 머리에 이는 것도 요령이 필요할 터, 새참 광주리와 똬리가 정수리에 힘을 가할 때마다 머리가 빠개질 듯 아프고, 다리가 휘청거려서 논배미에 처박혀 죽는 줄 알았다. 새참을 자동차로 실어 나르면서 자라목처럼 움츠러드는 목의 통증과 아킬레스건의 아픔도 사라졌다. 하지만, 새참 광주리에 남겨온 반찬과 무쇠 밥솥에 남아있는 쌀밥으로 새참을 나누던 달가운 풍습마저 사라져서 씁쓸하기 짝이 없다.

우리가 모내기하는 날이다. 새참을 싣고 달리는 자동차 속에서 별의별 생각이 다 드는 것이다. 새참을 먹을 사람이라야 이앙기 운전자와 모판을 나르는 우리 남편, 그리고 일손 도와주는 시동생까지 고작 셋뿐이니 왜 아니겠는가. 이들이 먹고 남은 음식을 자동차에 싣고 집으로 오는데 착한 생각이 떠올랐다. 낡은 초가집에 혼자 사시는 어르신과 함께 먹은 못밥이 꿀맛이다.

나중에 드시라고 남은 반찬을 다 내어 드리고 집으로 오는 내내 삼복더위에 등물한 것처럼 등줄기가 여간 시원한 게 아니었다. 겨우 밥 한 그릇의 나눔으로 어수선한 마음이 이렇게 맑아질 수 있다니, 큰 기쁨으로 다가온 못밥 한 그릇의 감사가 언제 다시 찾아오려나 싶었다.

지금은 논농사를 남에게 부탁해 놓은 상태여서 이 논배미 저 논배미로 물꼬 보러 다닐 걱정도 없다. 따라서 논두렁을 거닐 때마다 바짓가랑이에 이슬 털어내던 추억은 어릴 적 그림 솜씨로 詩 속에 그려 넣고 싶다. 가끔, 예전으로 돌아가고 싶을 때도 있으니, 아마도 나이가 들어간다는 조짐 일 게다. 서툰 농사일로 몸고생 마음고생을 그리하고도 아직도 철이 덜 들었나, 이런 내가 나도 딱하다. 수시로 변하는 게 세상일이라 하니, 부모님의 손때가 잔뜩 묻어있는 농사용 도구들과 못밥 나눠 먹던 풍습까지 농업 박물관에 보관이 가능하다면 이 얼마나 좋을지.

소농(小農)으로 살면서 대농(大農)이 부럽지 않은 건 문수산과 수시로 마주할 수 있어서다. 계절마다 색다른 무늬로 다가오는 저 듬직한 산, 봄에는 이 꽃 저 꽃들이 아름다워 좋고, 여름이 다하도록 소나무들이 푸르러서 좋은데, 참나무가 단풍 든 가을에는 낙엽을 밟아가며 산 정상까지 오를 수 있어서 좋다. 함박눈이 온종일 내리는 겨울날에는 문수산 바라보며 시 한 수 읊조릴 수 있으니, 이 얼마나 좋은가. 매달 초승과 그믐에 찾아오는 눈썹달을 남편과 둘이 바라볼 땐 여기가 바로 천국이다.

이곳으로 이사 온 후부터 터줏대감처럼 내 삶 속에 깊숙이 자리 잡은 산이 바로 문수산이다. 사시사철 골짜기마다 쉼 없이 깨끗한 물을 흘려보내니, 우리 동네 십삼만여 평의 논농사와 가정에서 사용하는 식수는 물론이고, 생활용수까지 풍족한 것은 전부 문수산 덕분이 아닌가 한다. 게다가 겨울철에도 개울물이 얼지 않고, 더운 김이 모락모락 올라오는 작은 용 못은 상수도가 들어오기 전까지 먼지락 여자들의 빨래터로 제격이었다.

어느 날, 이웃 동네 자매님이 산행하잔다. 하여, *추재 고개를 시작으로 *무실미 고개까지 완주를 해볼 양으로 마을버스 타고 3km정도 달려가 추재

文殊山에 · 물들다

고개에서 내렸다. 문수산 등산이 자유로울 때가 아니어서, 해병대 검문소에 신고해야 하는데도 불구하고, 초병들의 눈을 피해 산 정상 쪽으로 발걸음을 옮겼다. 사람들의 흔적이 드문 산길을 짐작으로 오르기가 여간 어려운 게 아니다. 더구나 대북 방송을 할 때이니, 대형 스피커 옆을 지날 때 북녘을 행해 울려 퍼지는 굉음이 무섭기도 할뿐더러 고막이 터지는 줄 알았다. 비지땀을 흘려가며 정상에 우뚝 서 봐야 그 맛의 기쁨을 알 수 있다. 정상에서 바라보는 북녘에서도 사람 냄새가 난다. 누런 벼 이삭들이 논배미마다 그득 한 걸 보니, 그 동네도 풍년든 모양이다. 우리도 벼농사를 짓고 있어서인가 동질감이 느껴진다.

마당 넓은 우리 집과 작은 산 넘어 조강과 염하강도 보이고, 문수산 자락 여기저기에 깃든 마을은 어릴 적 내 고향처럼 정겨워 보였다. 또 우리가 농사짓는 낭 아래 논배미와 작은 용 못 옆 큰 밭도 한눈에 들어오고, 고양시에 즐비한 아파트까지 아주 가까이 보인다. 강화 다리를 오가는 차량들의 모습까지 볼거리 다양한 정상에서 숨 고르기가 끝나자마자 무실미를 향해서 발걸음을 재촉했다. 그렇게 세 시간에 걸쳐 산길을 걷고 또 걷다 보니, 어느새 무실미고개가 코앞이다.

이웃들은 겁 없는 여자들의 무모한 산행에 헛웃음이 나올 일이라 하겠지만, 내가 나를 생각해 봐도 여간 대견스러운 게 아니다. 농촌 생활에 적응 못하는 위인이 무기력에 시달리고 있을 때라서 더 그렇다. 우리 집에서 출발하여, 한 시간 반 정도 직선으로 산을 오르다 보면, 물 한 병을 비움과 동시에 산등성이에 다다른다. 남편과 둘이 낙엽을 밟아가며 주거니 받거니 정겨운 대화가 오가니 별반 힘든 걸 몰랐다. 해서, 그날의 기억과 높이가 876m인 대둔산을 등반한 체력을 밑천 삼아 등산해도 좋으리라는 생각에서 그리 한 것이다. 아마도, 숨이 턱까지 차오르던 어려운 과정은 건망증이 다 모셔가서 일게다.

이기울 사람들의 대화 속에는 늘 문수산이 따라다닌다. 봄에는 고사리와 취나물 도라지, 두릅, 더덕을 비롯한 여러 종류의 산나물과 산삼까지 등장한다. 좀처럼 자신의 존재를 드러내지 않는 산삼 두 뿌리와 우리 부부도 만났다. 그 효능으로 여태 농사일 버거운 줄 모르는 건 아닐지 싶다. 학교에서 돌아온 사내아이들 책 보따리 내려놓자마자 야들야들한 풀 찾아 산기슭으로 소 몰고 나갔다는 대목에서는 까까머리 부모의 생각이 몹시 궁금하다. 추수철, 노적가리 쌓아 올리며 뿌듯하던 순간들과 한겨울에도 따듯한 물이 넘쳐흐르는 용연못까지 단골 메뉴로 등장한다. 문수산의 골짜기가 자그마치 아흔아홉 골이라 하는데, 아흔아홉 골의 이름만 다 알아도 무당을 할 수 있다 하는 우스갯소리도 있다. 용강리에도 올챙이골, 샘골, 밖골 부처골 등등 열두 골이 실제로 존재한다. 또, 누가 논배미까지 이름을 지어 주었는지, 젓마당, 장승백이, 가외 논 말죽거리 등등 정감이 넘치는 이름을 명찰처럼 달고 있다.

처음에는 문수산을 보통 산으로만 알았다. 게다가 좋아하지도 않았는데, 지금은 토박이들처럼 문수산과 아주 친하다. 선이재에 저녁노을이 붉게 타오를 때와 초승달이 살짝 걸쳐있을 땐 먼저 본 사람이 소리친다. "어서 와 초승달이 떴어, 저것 좀 봐 선이재에 불났어,"라고. 우리 집 바로 앞 작은 산, 참나무 숲 사이로 솟아오르는 아침 햇살은 탄성이 저절로 나올 만큼 황홀하다.

산 높이가 376m라는 건 이미 알고 있었다. 한데, 산 둘레의 거리가 궁금하다. 자동차가 알아서 거리를 계산해 줄 터, 자동차 계기판에 0을 시작으로 문수산 둘레 길을 한 바퀴 돌아 출발 지점인 우리 집에 도착한 다음 계기판에 나타난 숫자를 확인하니 18km이다. 작은 산에 오르면 발아래서 조강이 흐르는데 조강과 염하강변은 사람들의 접근이 불가능하다. 해서 문수산 전체의 거리를 측정하는 것 또한 내 몫이 아니다. 그 때문에 18km만 기억하고 나머지는 후손들의 몫으로 넘겨야 할 것이다, 지나치게 우직한 산, 보고 또 봐도 늘 다정다감한 산, 해돋이에서 해넘이까지 저 산처럼 몸과 마음이 푸르고 푸르게 물들어 가는 기쁨은 사람의 언어로 표현이 불가능하다.

1. *용강리와 보구곶리 경계
2. *조강1리와 고막리 경계

새들의 지저귐으로 아침이 행복하다.

아무렴 행복하고말고, 그리 말해도 괜찮을 것이다, 기후 변화의 탓일까? 어디서 몰려왔는지, 이름 모를 새들의 수다로 이슬 젖은 새벽이 여간 시끄러운 게 아니다. 녀석들도 우리 텃밭에 정 붙이고 나와 이웃하려나 보다, 하지만 여름의 문턱에서 훨훨 날아가거나, 찬 서리가 내리면 저 살던 곳으로 매정하게 날아가 버리겠지!

아직도 풀지 못하는 숙제가 있다. 저 새들의 기억력이 어디까지일까? 조그마한 머릿속에 든 유전자는…. 누가 머리 나쁜 사람을 가리켜 '새대가리'라 하였는지. 그건 아무것도 모르는 바보들의 헛소리일 것이다. 무리의 숫자가 점점 늘어나는 걸 보면 녀석들의 번식력 또한 가히 짐작이 간다.

감나무와 살구나무에 모여든 녀석들의 지혜를 보노라면 사람의 머리를 능가한다. 여러 해 전 일이다. 고스란히 녀석들의 먹이가 되어 버린 농작물, 가슴 벅찬 가을이 빈털터리다. 화가 치민다고 날아다니는 새들과 싸워서 이길 승산이 거의 없다. 비열한 방법으로 남겨진 알곡을 겨우 건질 수가 있었다. 한데, 놈들 좀 봐라, 복숭아에 봉지를 씌워놓자마자 떼거리로 달려들어 죽죽 찢어 놓는 게 아닌가. 궁리 끝에 몹쓸 짓거리를 또 해보았다. 이번에는 전혀 먹혀들지 않는다. 아니 저것들이 그 오래전 일까지 기억하다니, 아무래도 백년 묵은 능구렁이가 저들의 어미로 환생한 모양이다.

텃밭에서 풀베기하던 남편이 "빨리 와 이것 좀 봐"하고 소리친다. 세상에나! 이런 일 처음이다. 어른의 주먹보다 작은 둥지에 푸르스름하고 자그마한 알 다섯 개가 얌전히 들어있는 게 아닌가. 휴대전화로 사진을 찍고 얼른 그 자리를 피했다. 하지만, 영리한 부모 새가 멀리서 우리의 행동을 지켜보았을 터. 그 때문에 스트레스를 받아서 부화를 잘 시킬지 걱정이다. 더구나 제가 낳은 알이라 해도 둥우리에서 사람의 흔적을 느끼면 곧바로 깨어서 먹어 버리는 게 그들의 습성이고, 단백질을 섭취하는 유일한 방법이라고 한다.

내 걱정은 기우였다. 아무 탈 없이 부화한 오목눈이 발가벗은 다섯 마리가 둥지에서 고물거린다. 고 귀여운 것들이 사람의 기척을 알아차렸는지 조용하다. 나중에 다시 들여다보아도 여전하다. 털북숭이가 되어서도 그저 목젖만 보일 뿐 소리를 지르지 않는 것이 참 신기하다. 저 새들이 자식 교육을 어찌하기에, 먹이 사슬에서 살아남기 위한 저들의 지혜일 것이다. 둥우리가 옹색한지 깃털이 덜 자랐는데도 덤불 속으로 이소한 새끼들, 어미 새의 날개가 벌의 날갯짓보다 더 빠르게 움직인다.

요즘, 제 부모의 피와 땀조차 기억 못 하는 불순종 형 새대가리, 그 수가 점점 늘어 가는 추세라니 반가울 게 하나 없는 일이다. 설마 내 자식들이야 아니겠지, 저 새들처럼 무조건 어미를 따르겠지! 뒤통수가 설렁한 걸 보니, 내 새끼들도 별반 다를 게 없다. 늦게나마 터무니없는 꿈에서 정신 차렸으니 얼마나 다행인가. '그나마 다행'이라는 착한 단어가 나의 삶을 다독이니, 빈 껍데기가 그다지 외롭지 않다.

땀으로 도배한 농작물 새들과 나누면서 묵은 둥지를 떠나 하늘 창공을 훨훨 날아 자유를 만끽하고 싶다. 이런 나의 바람이 허황된 일인가. 개개비 한 쌍이 '개개 개' 비웃으며 지붕 위로 사라진다. 백 미터 아래 떨어진 좁쌀 알갱이도 볼 수 있다는 그들의 시력으로 변덕스러운 내 마음을 들여다본 모양이다.

하긴, 이랑을 이탈한 땅콩알갱이가 까치 주둥이에 물려있으니, 보나 마나 그물망으로 땅콩밭 전체를 덮어 버릴 게 빤하지 않은가. 살구와 복숭아 참외까지 결딴낸 너희들 국물도 없다. 구시렁거리며 말이다.

수탉 이야기

우리 집 수탉이란 놈 보소. 매일 거르지 않고 모이 주는 내게 무섭게 생긴 부리로 마구 쪼아 대며 덤벼들다가 엄청 시리 두들겨 맞았다. 이 사나운 놈이 겁 대가리를 상실했는지 우리 집 지킴이 누렁이의 콧잔등을 할퀴어 놓고, 남편에게도 그 지랄이다. 하여, 또 두들겨 맞은 건 뻔하다.

지난해, 봄 병아리 10마리를 오일장에서 사 왔다. 한데, 관리를 잘못해서였을까? 이삼일 간격으로 모두 죽어버리는 것이다. 병아리는 꼭 키우고 싶은데, 영 포기가 안 된다. 해서, 값을 더 지불하고 주접을 다 떨어낸 병아리를 열다섯 마리를 구입했다. 헌데, 이게 뭔 일이람, 암평아리가 겨우 세 마리다.

수탉 한 마리에 암탉이 열세 마리 정도가 딱 맞는 비율이란다. 그 때문에 수놈 한 마리 만 남기고 나머지는 비겁하게 처리할 수밖에 다른 방법이 따로 없다. 나는 붙잡아 오고 남편은 고개를 돌리며 "미안하다"라고, 하면서 어찌어찌했다. 여러 마리를 정리하려니 맨 날 닭고기를 먹을 수도 없고, 궁여지책으로 지인과 나누었다.

정신머리 없는 사람을 가리켜 닭대가리라고 하는데, 우리 집 달구 새끼를 보면 그것도 아닌 것 같다. 십여 마리의 수탉을 정리하다 보니 시일이 꽤 걸렸다. 그 사이에 병아리가 큰 닭으로 성장하면서 문제가 발생한 것이다. 나만 보면 강아지처럼 졸졸 따라다니는 녀석들이 빤히 바라보는 앞에서 무지막지하게 동료를 붙잡았으니, 닭장이 뒤집히는 듯이 난리가 났다. 그 후, 나만 나타나면 닭들이 모두 구석으로 도망을 친다. 먹이를 주어도 내가 자리를 떠나야 조심조심 모이를 쪼아 먹는 것이다.

텃밭, 가을걷이를 끝낸 후, 달구 새끼를 방사시켰다. 수탉 한 마리가 세 마리 암탉을 거느렸으니, 암탉을 불러대는 수놈의 꼬락서니가 가관이다. 검불 따위를 물었다 놨다 하면서 연신 구구~구한다. 시월부터 매일 계란을 낳아 주던 세 마리의 암탉이 갑자기 감감무소식이다. 외출에서 돌아오자마자 닭장으로 달려가 따끈따끈한 계란을 꺼내는 재미로 늦가을이 아주 행복했는데, 처음에는 날씨가 추워서 그러려니 싶었다. 나중에 암탉들의 단산이 수놈의 횡포 때문이라는 걸 알게 되었다.

이제부터 저 수놈을 단속하는 수밖에 별도리가 없다. 해서, 발목을 비닐끈으로 묶어서 기둥에 잡아매어 놓았다. 하지만, 놈이 어찌나 기운이 센지 금세 끈을 끊어 버리고 암탉들에게 연신 애정행각이다. 게다가 지나친 애정행각으로 진저리 치는 제 마누라들을 수도 없이 쪼아댔으니, 눈두덩이 부어오르고 앞이 보이지 않을 지경이다. 눈가에 얼른 약을 발라주고, 녀석을 닭장에서 당장 끄집어내는 것으로 벌을 주었다.

어느 정도 시간이 지나자 혼자 돌아다니는 녀석에게 안쓰러운 생각이 든다. 게다가 내 인정머리도 발동하는 게 아닌가. 하여, 가을에 데려온 서리병아리와 놀게 하였다. 어디, 제 버릇 개 주나 어린 병아리에게도 그 지랄이다. 어미처럼 감싸주다가도 말이다. 그러니, 닭장에서 쫓겨나는 건 당연지사다. 쫓아낸 첫날, 해가 뉘엿뉘엿 넘어가는데 집안 곳곳을 아무리 찾아보아도 기척이 없다. 이놈이 날 짐승에게 당했나 싶어 걱정스러운 맘으로 잠이 들었다.

어디서 잠을 잤는지 '꼬끼오'하고, 우렁차게 새벽을 여는 녀석 때문에 실소했다. 마당 가 소나무 위에서 밤을 지내고는 그리 우렁차게 울어대는 것이다. 돌아오는 봄, 녀석에게 제 식구들과 함께 살아가게 할 것이다. 지금, 중병아리도 그사이 훌쩍 자라 암탉으로 성장할 터이니, 날마다 따끈따끈 계란도 낳아 줄 것이다. 그 계란으로 병아리도 생산한다면 참 괜찮을 걸 인공부화기로 부화한 병아리는 알 품기를 못 한다니 안타까운 일이다. 그것은 지나친 기계문명으로 자연의 섭리를 거스른 결과 일 게다.

이 추운 날씨에도 가끔 알을 낳는다. 세 마리의 암탉들이 스트레스에서 거의 벗어 난 모양이다. 봄이 많이 기다려지는 추운 겨울날, 꼬꼬, 꼬꼬 암탉들의 합창이 요란하다. 수탉, 못된 버르장머리 어찌하고, 나를 졸졸 따라온다. 신기하게도 모이를 달라는 행위다. 심지어 내 품에 안기기도 하니, 웃음이 저절로 나온다.

여자보다 남자가 더 많은 우리 집 마당에서 망할 놈의 수탉이 남자들에게 마구 덤벼들기 일쑤이다. 게다가 남자 손님의 바짓가랑이까지 마구 쪼아대는 녀석에게 우리 남편과 아들 삼 형제도 당했다. 한데, 여자들에게 다소곳한 이유를 오랜 시간이 흐른 후에 알았다. 세상에나 먹이 주는 나에게 보호본능이 발동해서 남자들을 난리를 치는 것이라니 이런 어처구니가.

용강리로 이사 온 우리가 농사를 처음 시작할 때이다.

이웃 자매가 말하기를 "앞으로 농약 통은 절대로 등짐 지지 마세요." 라고, 한다. 자그마치 통속에 들어가는 물의 량이 20리터나 되는데, 그걸 여자가 짊어지는 날에는 등과 어깨 그리고 허리까지 결딴이 나게 마련이란다. 또 염치 좋은 남자들이 제 마누라에게 그 힘든 걸 수시로 시킨다며 귀띔하는 것이다.

지난여름, 남편의 무릎관절 수술로 어쩔 수 없이 농약 통을 짊어져야 하는 일이 생겼다. 들깨밭과 콩밭 그리고 고추밭에 급한 불은 끄고 입원했다. 한데, 참깨를 베고 난 빈자리에 늦게 심어 놓은 들깨와 어린 김장배추, 무 이파리에 구멍이 숭숭 뚫렸다. 그나마 다행으로 농약 통에 살충제가 반 통이 남아 있는 것이다. 해서, 나이 든 여자가 용감무쌍하게 찔 통을 짊어지고 말았다. 마지막 땀구멍과 눈물샘까지 다 열려서 몸 전체가 지나가는 소나기를 흠뻑 맞은 꼬락서니로 말이다.

늘 남편과 둘이 하던 밭일이라 혼자 손으로 감당하기가 여간 어려운 게 아니다. 게다가 무더운 날씨 탓에 계속 붉어져 가는 고추가 부담스러워 죽을

맛이다. 마음은 남편이 입원한 병실에 몸은 고추밭에서 쩔쩔매고 있으니….
그나마 고추 농사에서 호환보다 더 무서운 탄저병이 발생하지 않았으니 이
얼마나 다행한 일인가 싶다.

무릎관절 수술은 실제로 무릎 위아래 뼈를 깎아 낸 자리에 금속처럼 보이는 물질을 씌우고 인공 관절을 끼워 넣는 어려운 수술이다. 그 때문에 뼈를 깎아내는 고통이 동반되는 건 자명한 일이다. 전에는 다리가 불편한 사람을 보아도 남의 일이라는 이유로 그의 고통에 무관심했다. 이 남자, 수술 과정에서 생겨난 피멍 자국으로 무릎은 물론 허벅지까지 생명이 떠나간 것처럼 보여서 소름이 돋는다.

병문안 오신 남편 친구분께서 “아니, 좀 참았다가 가을걷이 마치고 수술할 것이지 이 바쁜 농사철에 아주머니를 저리 고생시키다니” 일상에서 우리가 입에 올리지 않는 센 언어로 남편에게 지청구다. 이번 수술이 일곱 번째라는 걸 아시는지 모르는 지다.

서울 수유동 살 때 신장 수술도 했다. 막내를 출산한 지 겨우 보름이나 지

났을까? 아이 셋은 집에 두고 갓난아기는 등에 업고, 산후조리도 못 한 위인이 택시비 아끼려고 시내버스로 집과 병원을 오갔다. 아마도, 젊은 나이라서 무서운 게 없었나 보다.

지금의 내 꼬락서니를 길거리 지나가는 사람도 웃을 일이다. 창피하게도 버스에 타고 내리는 일이 익숙하지 않다. 이십 년 넘게 자동차를 몰고 다녀서, 아니면 우울증이 머릿속을 헤집어 놓아서 일게다. 하여, 우리 자동차는 통진성당 마당에 주차해 놓고 검단 병원까지 개인택시를 이용했다. 택시 기사와는 평소 친하게 지내는 사이라서 이런저런 정담을 나누다 보면 금세 병원 앞이다.

혼자서 고추 따 들이고 기장 조와 수수 자르고 털어야 하는 과정이 버거워서 겁이 나는데도 내가 먼저 수술을 하자고 했다. 수술 말고는 다른 방법이 따로 없는데, 어쩌랴 재활치료 잘 받으면 가을걷이할 때, 밭 가장자리에서 잔소리라도 할 수 있을 것 같아서다.

딸내미는 일 속에 파묻혀 사는 제 엄마가 안타까운지 '농작물 포기하면 안 돼,' 라고, 한다. 그 말에 "내가 심어 놓은 작물이라서 포기 못 하는 거란다." 소중하고 또 소중한 농작물, 새벽마다 내 발소리를 기다리는 저 푸르른 이파리들, 상처로 얼룩진 삶의 흔적까지 치유하는 저들을 어찌 포기하겠는가.

주치의가 말하기를 "일등환자이세요." 한다. 식구들은 휠체어 아니면 목발 짚고 퇴원하는 줄 알았는데, 제 발로 걸어서 병원 문을 나섰으니 이 남자 정말로 장하다.

삶은 鷄卵이다

이웃의 차가운 등짝을 바라보는 내내 입맛이 쓰디쓰다. 몸 전체가 후들후들 몸살처럼 아프기도 하다. 매주 목요일마다 어둑어둑한 밤 성서 50주간을 또, 낮에는 요가를 함께 다니는 자매가 핸드폰을 받지 않는다. 요가 시간에 늦을 같아서 다급한 마음에 집으로 전화했다.

"왜? 휴대전화를 받지 않느냐고"

이분, 겁 대가리 상실한 나의 처사 때문에 화가 나신 모양이다. 자기가 아쉬울 때 문자로 연락하시던 그와 지금까지 원수지간이 따로 없다. 흔히 말하기를 삶이란 다 그런 거라고, 하지만, 생각의 차이라고 이해하기에는 상처가 너무 커서 지금까지도 속이 쓰리다. 또, 사람들이 북적이는 모임에서 누가 눈인사를 보냈다고 하는데 못 봐서 그냥 지나쳤다.

"내가, 뭘 잘못해서 본체만체하느냐고"

이 자매가 전화로 악을 쓰며 따지는 바람에 나도 큰소리로 악을 썼다. 사람이란 자고로 남의 말을 함부로 옮기지 말아야 한다. 더구나 비밀을 지켜야 하는 말에는 반듯이 입을 다물어야 할 의무도 따른다. 이것이 더불어 살아가야 하는 우리들의 올바른 정신이다. 한데, 이 자매가 옮기지 말아야 하는 말의 실수를 한 것이다. 안타까운 마음에 기도 모임에서 논의 된 말에는 비밀을 지켜야 할 부분이 있다고 했으니, 이 자매, 천둥 치듯 노발대발

"감히 어디다 대고, 누구를 가르쳐"라고

나에게 함부로 한 적도 있다. 그 버릇 어디로 가나, 감히 누구에게 수년 전 그 짓거리를 또 하는 것이다. 이웃에게 등 돌리는 게 그리 쉬운가, '삶은 계란 하나에 100원'이 라는 웃기는 이야기가 유행이던 시절도 있다. 하나에 백 원 하는 삶은 계란처럼 따뜻한 사람으로 거듭나기를 바랄 뿐이다.

지난해 4월 어느 날, 머리가 몹시 아픈데, 옆집 젊은 여자가 무엇을 물어보는 것이다.

"나 지금 머리 아파서 죽겠어"

라고 했으니, 시큰둥한 대답에 상처받은 모양이다. 그 후로 봄여름 가을 초겨울까지 모르는 사람처럼 지내던 젊은 부부가 한겨울에 이사한다며 인사를 왔다.

"그동안 고마웠습니다."

라는, 이 한마디에 불신으로 쌓아놓은 담벼락이 봄눈처럼 사르르 녹아내려서 감사하다.

농산물을 판매하면서 가격 때문에 상처받는 일이 종종 있다. 그것도 동기

간이 가격을 문제 삼을 때는 서글프다. 지난해 가져간 다섯 접 마늘 속에 잔 마늘이 두 접이나 섞였으니, '올 마늘 값에서 깎아야 셈이 맞는다.' 라는 게 작은 동서의 계산법이다. 거절했다가 손아래 동서의 노여움을 샀다. 덤으로 준 잔 마늘 한 접이 보통 아까운 게 아니다. 또, 2천 년도 대희(大喜)년, 성교회의 가르침대로 동서가 빌려 간 오백만 원 전부를 탕감해 준 내 처사가 참으로 바보스럽다. 화해와 용서는 하느님의 은총으로 가능하다. 그 시간과 장소도 하느님께서 마련해주신다. 그러나 그리스도의 사랑을 입으로만 외치는 청맹과니에게 어둠 속에서 반짝이는 별빛이 가당키나 하는가. 교만의 뿌리가 너무 깊어서 모가지도 꼿꼿하니 말이다.

아이 둘 키울 때이다. 헛 아궁이에 매일매일 계란을 낳아주는 암탉 두 마리를 하룻밤 사이 동네 불량배들에게 서리를 맞았다. 계란의 따뜻한 온기와 양손의 따스함까지 말이다. 그때부터 내 삶에도 실금이 더디게 분열을 시작한 모양이다.

어느 작가는 '삶이란 한 권의 책을 쓰는 것'이라 하는데, 나는 삶의 책장을 무엇으로 채우기는 하는가, 지나친 욕심으로 책장을 허투루 넘기는 건 아닐지 싶다. 그러나 지금도 늦지 않았다. 그늘진 삶이 아니라, 햇살 바른 양지에서 웃음 가득, 기쁨가득으로 삶의 책장을 하나하나 꼼꼼히 채워나갈 것이다. 그리고 따끈한 계란 손에 든 가을에 고할 것이다. 나의 삶은 달걀이 아니라, 삐악 병아리 찾아 나서는 어미 닭의 자화상이라는 라고 말이다.

예전에는 앞마당에서 병아리가 어미 닭과 노니는 모습을 흔히 볼 수 있었다. 지금은 가정에서 암탉이 알 품기를 하지 않아도 되는 세상이다. 인공 부화기가 다량으로 병아리를 생산하기 때문이다. 어미 닭이 모이를 앞에 놓고, 구구구 어린 병아리 부르는 정겨운 모습과 어미 품속을 삐악삐악 파고드는 노랑 병아리 구경거리도 사라졌다. 어미 날개 죽지를 비집고 바깥 구경하는 고 녀석들이라니, 갓 부화한 병아리는 어미 닭에게 모이 먹는 법도 배우고 노는 것도 배워서 여간 똘똘한 게 아니다. 하지만, 부화기에서 부화한 어수룩한 병아리들은 채소 따위를 주어도 겁을 먹고 도망치기에 바쁘다.

어릴 적, 우리 집 닭장에서도 30여 마리의 암탉이 달걀을 낳았다. 달걀을 꺼낼 땐 조심을 해야 한다. 사나운 부리로 손등을 마구 쪼아대서다. 달걀 꺼내기를 즐겨 하던 내가 달걀 반찬을 넘보지 않은 건, 달걀찜은 아버지의 몫이고 수란은 오빠의 몫이기 때문이다. 따뜻한 수란 양쪽에 젓가락으로 톡톡 쳐서 구멍을 낸 후, 후루룩 들이키는 오빠에게 달걀껍데기가 깨어지지 않도록 조심하라는 게 고작이었다. 그건, 화롯불에서 고소한 달걀밥이 보글보글 끓을 수 있어서다. 나도 달걀을 혼자 먹을 때가 있었다. 감기, 몸살 후유증으로 입맛이 달아나도 다른 먹을거리가 별로 없으니, 꼬맹이가 안쓰러우신 어머니께서 그리하시는 것이다. 더러는 눈깔사탕과 날계란을 바꿔 먹기도 했다.

닷새 동안 착실하게 모인 달걀은 짚 꾸러미에 묶여 어머니와 오일장으로 나갔다. 어머니는 달걀판 돈으로 막내 딸내미의 학용품과 고무신, 옷가지와 식구들 용돈까지 해결하셨다. 게다가 아버지의 술값도 그 돈에서 충당하셨다. 무럭무럭 자란 암탉들이 산란기가 다가오면, 구구구 소리를 지르면서 알 나을 자리를 찾아다닌다. 이때 가짜 알을 만들어서 둥우리 넣어 주어야 한다. 그래야 둥우리에 맘 놓고 달걀을 낳는다. 암탉은 여기저기 허투루 달걀을 낳는 게 아니다. 하나의 달걀을 낳기 위해서 부단한 노력을 기울이는 그들에게 배워야 할 점이 많은 게 사람이다.

정이월은 암탉들의 알 품기 계절이다. 녀석들의 몸이 더워지면서 더 이상 알을 생산하지 않고, 알 품을 자리를 찾아다니느라 여간 애를 쓰는 게 아니다. 이때, 지푸라기로 다독다독 자리를 만들어 놓고 유정란 20여 개를 넣어 주어야 한다. 스무날 정도 알 품기를 하면서 가끔 달걀 속으로 머리를 처박고 굴려주기도 한다. 굴리기 과정에서 비껴간 달걀은 안타깝게도 곤달걀이 되고 만다. 달걀을 품고 있을 때는 쫄쫄 굶어도 여간해서 모이와 물도 먹지 않는다. 어미 닭이 먹이를 찾아 둥우리에서 이탈하면 달걀에서 온기가 사라지고 부화율도 떨어지게 마련이다. 그 때문에 영리한 어미 닭이 달걀 속에서 병아리가 나올 때까지 그 고생을 하는 것이다. 하여, 그 보상으로 어미 닭과 병아리의 줄 탁 동시가 이루어지는 것이다.

병아리가 어느 정도 성장을 하면 어미 닭과 분리를 시켜야 한다. 어미가 병아리를 품고 있을 때는 달걀을 생산하지 않아서다. 병아리 분리 작업용으로 싸리나무로 만든 발채가 제격이었다. 발채에 병아리를 가두어 놓으면 솔개에게 빼앗길 걱정도 줄어들고, 채소밭을 헤집어 놓지 않아서 좋았다.

마당 넓은 새집으로 이사 온 후, 어릴 적 추억으로 5일 장에서 병아리 20여 마리를 사 왔다. 한데, 비가 내릴 때마다 병아리들이 하나둘씩 죽어 버리는 것이다. 겨우 수놈 한 마리가 살아남아 가을마당을 헤집고 다녔다. 기뻐하긴 아직 이르다 복병이 생긴 것이다. 앞 논배미 벼 이삭을 수시로 따 먹었으니, 논 임자가 불같이 화를 내는 건 당연한 일, 어쩔 수 없이 불쌍한 내 달구를 엉터리로 처리했다.

어미 따라 텃밭으로 소풍 나온 병아리들이 이곳저곳 다 헤집어 놓는다. 내 손으로 기른 청계가 부화시킨 병아리들이다. 암탉으로 성장한 십여 마리가 날마다 낳아주는 푸른 달걀은 우리 부부가 우선이고, 나머지는 자식들의 몫이다. 우리 엄마 김언년 여사님, 고 여우 같은 막내딸에게조차 아까워하시던 달걀이 씀씀이 헤픈 손에서 수시로 행복을 퍼 나른다.

기적 살이

낮 두 시에 살 떨리는 전화를 받았다. (3월 24일)

거실 수화기를 들자마자

"신상숙 씨죠?"하고, 확인하는 것이다.

그땐, 어느 남정네가 작품 관계로 전화를 한 것으로 알았다.

"예"하는 내 대답에, 놈이

"정주 어머니십니까?" 아들의 이름을 물어 와서 별 의심 없이

내가 그 아이 엄마라고 했다. 한데, 이런 청천벽력이 따로 있나!

"댁의 아드님 정주가 머리를 크게 다쳤습니다."

라고 하는 것이다. 순간, 눈앞이 캄캄해지며 이성이 마비되었다.

"얼마나 다쳤습니까? 어디로 가야 하나요? 다급한 내 질문에

"아드님을 바꿔드리겠습니다"

라고, 하면서 정말로 아들을 바꿔주는 것이다.

이런 세상에나, 주님께서 느지막이 보내주신 이 살가운 내 아들이

"엄마 나 살려줘"

하며 엉엉 우는 게 아닌가! 의심할 여지가 전혀 없다.

내 귀에 살아 숨 쉬는 아들의 목소리로 말이다.

흉악스럽기 이를 데 없는 놈 좀 보소, "당신이 다른 전화기에 손을 대고,

이 전화를 끊어 버리는 순간 내가 들고 있는 칼로 당신 아들의 배를" 어쩌고 저쩌고한다. 그것도 여러 차례 반복해서 으름장이다.

우린 감옥살이하고 나온 자들이다. 여기 당신의 아들 같은 놈을 더 데리고 있으니 허튼짓하지 말라 하였다. 장기를 꺼내서 팔면 2~3천만 원씩 받을 수 있다느니 어쩌느니 하는 혐오스러운 말로 협박을 할 땐, 입안이 바짝바짝 마르고 너무나 무서워서 사시나무 떨듯 벌벌 떨었다. 게다가 아들을 살리고 싶으면 3천만 원을 준비하고 제 놈이 시키는 대로 따르라 한다. 그 말에 여긴, 아주 시골이라 그렇게 큰돈 준비를 못 한다고 하자 놈이, 정주의 말로는 엄마가 천만 원은 마련해 주실 수 있다고 했으니 어서 대답하라고 나를 다그쳤다. 한 술 더한 간교한 사기꾼 좀 보소, 자식들이 매달 보내 준 용돈이 있을 것 아니냐고 하는데 정말 기가 찰 노릇이다.

어찌어찌해서 가까스로 캄캄한 지옥에서 벗어나 천상으로 올라왔다. 그런데도 놈들의 손아귀를 그저 벗어나지 못한 것 같아서, 내 휴대전화를 맘 놓고 사용할 수가 없다. 간신히 정신을 가다듬고 남편의 전화기로 지구대에 신고했다. 친절한 경찰관은 사기 전화이니 안심하라며, 아들의 전화번호와 나이를 물었다. 어쩜, 어처구니없게도 자식의 나이가 얼른 떠오르질 않으니 대충 얼버무릴 수밖에….

"전화기 끄지 마시고 기다리세요, 아드님과 통화 연결해 드리겠습니다." 라는, 경찰관이 참으로 든든하다. 지구대에 신고할 때, 아들과 통화할 때, 닭똥 같은 눈물을 펑펑 쏟으며 서럽게 울었다. 천만다행이라서, 엄청나게 놀라서 또 감사한 마음에…. 옆에서 이를 지켜본 남편은 군하리 약국으로 부리나케 달려가 청심환을 사 오고, 금융기관에는 전화로 지급정지 신청도 해놓았다. 와중에 남편도 제정신이 아닌 모양이다. 혼이 나가서 해쓱한 마누라를 다독이기는커녕 지청구가 심한 걸 보니.

"그 상황에 가만히 있는 어미가 그게 어디 어미냐, 칼 들고 자식을 죽이겠다고 협박 질인데" 소리소리 지르며 분풀이했다. 제 어미가 걱정스러운지 저녁 7시쯤 다시 전화한 막내가 "엄마이기 때문에 당황하고 놀라고 당할 수밖에 없어요."라고." 한다. 저희도 아무 탈 없으니 걱정하지 마세요. 라고, 하는데도

"엄마 나 살려줘"

머릿속 깊은 곳까지 각인된 단어와 자식 셋을 앞세우신 어머니의 피눈물이 자꾸만 나를 아프게 한다. 지상낙원에서 기적 살이 하는 오늘까지.

2장 행복이 따로 있나요

· 부르심聖召
· 소쩍새 우는 계절
· 행복이 따로 있나요
· 엄마가 아기를 낳았어요
· 먼데이야
· 개떡같이 말해도 찰떡같이
· 편지 연필로 쓰다
· 천사들의 합창

김수환 추기경님께서 2009년 2월 16일 돌아가심으로 *"善終"이라는 단어가 세간에 많은 관심을 불러일으켰다. 착하게 살기도 어렵다 하지만 착하게 죽는 일 또한 어려운 일이다. 같은 해, 8월 18일 김대중 전 대통령의 서거 때도 가톨릭 주교회의는 그분의 선종을 발표하였다. 두 분께서 *병자성사와 노자성체를 모시고 선하게 죽음을 맞이하셨기 때문이다.

시부모님과 친정 부모님 그리고 오빠까지 모두 선종하셨다. 시부모님께서는 죽음 직전에 신앙을 받아들이심으로 선종의 은총을 받으셨고, 아버지와 어머니, 오빠는 살아생전에 차근차근 준비하심으로 복되게 죽음을 맞이하셨다. 아버지께서 신앙심이 두터운 이웃 교우에게 "여보게 나의 죽음을 자네가 거두어 주게나," 하고, 입관 예절까지 부탁하셨다 한다. 부탁을 받은 분께서 입관 예절을 마친 후, 관 뚜껑을 덮어드리기 전 자식들에게 일일이 작별 인사를 시키신 다음, 당신께서 아버지의 부탁으로 입관하시는 것이라 하셨다. 자식들과 함께 그분도 뜨거운 눈물을 펑펑 쏟으며 통곡했다. 몸은 비록 관 속에서 잠자는 듯 누워계시지만, 아버지의 영혼은 이미 하느님의 오른팔에 안기셨으리라 믿어 의심치 않았다. 아들 삼 형제를 가슴에 묻고 평생을 가슴 아프게 살아오신 분의 얼굴이 참 따듯해 보여서다.

부르심

가톨릭에서는 사제나 수도자를 일컬어 부르심의 응답한 사람이라고 한다. 자식을 네 명이나 낳았어도 기도가 부족해서였을까! 나의 바람이 이루어지지 않고 모두가 결혼 성소의 소명을 받아드렸다. 게다가 잉태까지 미루고 하느님 창조 사업에 게으름을 피우니 정말로 답답한 노릇이 아닐 수 없다. 막내의 혼인미사를 집전하시는 토마스 신부님은 주례사에서 당신께서도 神父를 만들고 싶었는데, 신부를 맞이한다며 우스갯소릴 하셔서 성전에 웃음꽃을 피웠다.

요즘 들어 느닷없이 생과 사가 갈라지는 일이 빈번하다. 도둑처럼 몰래 쳐들어오는 악의 세력에 덜미 잡히지 않으려면 늘 기도하는 삶으로 하늘의 도우심을 기도할 일이다. 악의 그림자가 누구를 피해 가겠는가? 인간의 교만은 하늘의 분노만 불러올 뿐이니, 늘 성찰하면서 자기의 삶 돌아볼 일이다.

지난해 갱신 운전면허증을 받으면서 내 몸이 나의 것이 아니라는 사실을 알고는 등짝이 오싹했다. 면허증에 빨간 하트모양과 "장기기증"이라는 단어가 진하게 찍혀 있는 것이다. 그 때문에 사후 한마음운동본부에서 내 몸을 받아 갈 것이다. 이 일에 반대하던 자식도 늦게나마 나의 진실이 받아들여져서 한결 홀가분하다.

연령회 봉사자들은 망자의 얼굴에서 구원의 빛이 보인다고 한다. 선하게 죽음을 맞이한 이는 잠자는 얼굴처럼 따뜻하고 평안해 보이지만, 삶이 헝클어진 망자의 모습은 소름이 돋을 지경으로 섬뜩하다고 한다. 사후 나의 모습도 아름다움을 유지하여 헤어짐이 서러운 이들에게 선한 사람으로 기억되고 싶지만, 그 일을 어찌 장담할 수 있으랴 그저 마음만 간절할 뿐이다.

늘 건강이 좋지 않아서 식구들의 걱정을 산다. 그러나 쭈그렁밤송이 삼 년 간다는 말이 있지 않은가! 아직 농사일도 곧 잘하고 밥도 잘 먹고, 체력이 좀 부칠 뿐 건강에는 아무 이상이 없다는 주치의 소견이다. 이젠 내 몸이 내 몸이 아니고 어느 안타까운 이의 몫이다. 그러므로 몸과 마음을 곱게 잘 다스려 가난한 이웃에게 밝은 빛으로 거듭나리. 이 일이 반드시 이루어지도록 나의 祈求가 항구하리라. 나에게 부르심의 은총이 이루어지는 그날까지.

1*임종 때, 성사를 받아 큰 죄가 없는 상태에서 죽는 일
2* 병자성사. 병자가 받는 성사.
3* 노자성체. 죽음 직전 모시는 성체.

소쩍새 우는 계절

소쩍새가 농사철이 되면, 바쁜 낮에는 미안하여 울음을 참았다가 조용한 밤이면 용케도 알아채고 삼경까지 구슬프게 울어대는 것이라는 어머니의 말씀이다. 한데, 소쩍새가 대낮에도 '소쩍소쩍' 우짖는다. 밀 보리타작하는 모습이 사라졌으니, 계절에 변화를 감지하기 어려워서 일게다.

찔레꽃 필 무렵에는 지독한 가뭄으로 논배미가 바닥을 드러내고 거북이 등처럼 쩍쩍 갈라졌다. 시들시들 말라붙는 못자리를 바라보시는 부모님의 가슴도 새까맣게 타들어 갔을 것이다. 여자들에게 손쉬운 밭농사도 가뭄에는 씨앗을 넣을 수 없었다. 딱딱하게 굳은 땅 호미 끝이 통통 튀고 자갈 긁는 소리가 나는데, 밭고랑에 잡풀은 가뭄이 들거나 장맛비가 내리거나 가리지 않고 쑥쑥 잘도 자란다. 묵정밭을 옥토로 일궈내시느라 손발이 부르트고 허리 통증이 도져도 늘 침묵하신 어머니시다. 요즈음 들어 어머니의 얼굴이 자꾸만 떠오르는 건, 박속처럼 희고 부드러운 내 얼굴이 강한 햇볕에 검게 그을리어 가고 있기 때문이다.

예전에는 소쩍새가 '소쩍다. 소쩍다.' 울면 풍년이 들고, '소탱 소탱' 울면 흉년이 든다고 믿었다. 흉년이 들면 밥솥 안에 들어갈 곡식이 줄어들기 때문에 소쩍새가 슬퍼서 소탱소탱 우는 것이라니, 수확량에 따라 식구들의 밥그릇 높낮이가 달라지고 어머니의 얼굴색도 달라졌을 것이다. 또한, 소쩍새 울음소리는 가난한 사람들의 마음을 한참 불안하게 만들었다.

한여름 보리타작은 그리 쉬운 일이 아니어서, 가족 모두가 더위를 무릅쓰고 왼 종일 매달려야 했다. 언니는 부모님을 도와드리기 위해 도리깨질을 했지만, 철없는 나는 덤벙대다 도리깨 발에 얻어맞기 일쑤였다. 어머니는 종일 도리깨질하시고도 지친 몸 잠시 쉬는 것조차 미안한 일이라고 하셨다. 내가 태어나기 전에는 소쩍새 울음소리가 끝날 때까지 밤을 새우다시피 절구질해야 식구들의 아침밥을 지을 수가 있었단다. 그 힘드신 와중에도 늦잠을 자게 될 것 같아서 소변을 참고 주무셨다는 것도 이해하기 어려운 부분이다.

어릴 적, 어머니는 밥을 먹지 않아도 배부른 줄 알았다. 이 바보는 엄마가 천하장사인 줄 알았다. 어머니는 맨발에 코 찢긴 검정 고무신을 신으시고, 나는 알록달록 색동양말에 리본 달린 신발을 신으면서 그것을 당연한 것으로 알았다. 더구나 거북이 등처럼 갈라진 손 따뜻하게 잡아 본 기억도 없다. 직장 생활 5년 동안에도 늘 어머니가 상을 차려주셔야 밥을 먹었다. 저는 그리하고도 밭일 마치고 집으로 들어올 때마다 '우렁이각시가 저녁밥을 지어놓았으면 얼마나 좋을까'하고, 가당치도 않은 생각을 한다. 농사철에도 부모님의 바쁜 일손을 거들기는커녕, 사랑채에서 한가롭게 배 쭉 깔고 엎드려 있었다. 배앓이가 도질 때는 엄살 또한 이만저만이 아니어서 어머니께서 바쁜 일손을 멈추셔야 했다. 어머니의 마음을 흐뭇하게 할 때가 더러 있었는데, 그나마 잡지라도 내 손에 들려져 있을 때이다.

마흔두 살에 늦둥이를 낳으신 어머니는 남들에게 손녀딸로 오해를 받기 십상이다. 하지만 내 눈에는 세상에서 가장 멋진 어머니로 보였다. 일 속에 묻혀 사시던 어머니께서 막내딸의 육성회비 납부하러 학교에 오실 때에는 쪽 찐 머리 앞가르마 옥양목 치마저고리로 치장하시고, 달덩이처럼 다가와 나를 환하게 비추었던 기억들이 떠오른다. 또 다른 어머니의 모습이 콩깍지를 뒤집어쓴 나를 환하게 비추어서다.

막내딸 책 읽는 소리에 흐뭇해하시며 새벽녘 이불 속에서 기도문 잘 따라 한다고 기뻐하시던 어머니, 찔레꽃 필 무렵에도 비가 내리고, 씨앗 넣고 비닐로 덮어씌워 예전처럼 땡볕 아래 김매는 일도 없는데, 이앙기로 모심기 하는 날 자동차로 새참 실어 나르는 나의 모습을 보여드렸으면 얼마나 좋을까 싶다. 들깨 모종 끝낸 후 새콤달콤한 자두를 두 접이나 땄다. 한 입 깨문 자두가 시어서 눈물이 나오는 것인지, 오늘따라 어머니를 보고 싶은 내 마음이 뭉게구름 저 너머 고향집 앞마당을 서성이는데, 대낮에 소쩍새가 끊임없이 노래하고 있다.

"언제 비가 오려나?"

누렇게 타들어 가는 밭작물이 마냥 안쓰러운 사람들 말간 하늘이 야속하다. 집집마다 한숨 소리가 그칠 줄 모르는 와중에, 새벽잠을 설쳐가며 너나 할 것 없이 경운기로 물 퍼 나르느라 온 동네가 바쁘다.

이 가뭄에 완두콩이 가지마다 다닥다닥 달리고, 아침저녁으로 돌아가는 스프링클러 덕분에 1.500 주 고추 모가 부쩍 자라서 하얗게 꽃을 피우더니, 주렁주렁 달린 풋고추가 식탁까지 올라와 입맛을 돋워준다. 또 보랏빛 감자꽃이 지고 난 후, 이랑이 쩍쩍 갈라지는 걸 보니, 감자알이 꽤 크게 든 모양이다. 이게 바로 부지런한 농부의 더 할 수 없는 행복이 아닐지 싶다.

시금치와 상추, 쑥갓과 배추가 제철처럼 풍성하고, 쑥쑥 올라 온 마늘종도 찬거리 걱정을 덜어준다. 게다가 미리 수확한 주먹보다 큰 양파로 피클을 한 통 담가 놓으니, 몸은 피곤하지만, 찬거리 걱정을 덜어서 참 좋다. 참나무 숲속엔 꾀꼬리가 청아한 소리로 노래하고, 대낮부터 소쩍새가 소쩍소쩍 우짖는 계절이다. 어두움이 내려앉은 집 근처에서 반짝이는 반딧불이가 형클어진

행복 따로 있나요

맘속까지 말갛게 비추고, 촉촉이 내리는 이슬 사이로 풀냄새 꽃냄새가 나이 든 후각을 자극할 땐, 온몸을 쑤셔대는 피곤함마저 말끔히 사라진다.

이맘때, 구석진 우리 집까지 찾아오시는 손님을 위해서 추청 쌀에 완두콩 얹어 윤기 자르르하게 밥 짓고, 송송 썬 풋고추를 넣어 된장찌개도 보글보글 끓인다. 내가 직접 담근 찹쌀고추장으로 상추쌈, 시금치나물과 마늘종 볶음, 곁가지 쳐낸 고추 순을 새파랗게 데쳐서 들기름 조금 넣어 조물조물 무침도 하고, 새콤한 오이김치와 총각김치를 더한 소박한 찬도 밥상에 얌전히 오른다. 투박한 음식 솜씨로 돈 안 들이고 손님 대접하는 날이면, 분에 넘치는 칭찬이 마구 쏟아져 가슴이 뿌듯하다.

이렇게 사랑이 넘치는 대화가 오갈 때 마냥 행복한 사람, 채솟값이 비싸도 걱정할 필요가 전혀 없는 착한 삶이다. 어제, 저녁밥을 지을 때 "주님 오늘의 만찬이 사랑의 성찬이게 하시고, 주님의 성사이게 하소서!"라고, 내 입술이 누가 시키지도 않았는데 저 혼자서 기도를 계속하는 것이 아닌가. 식구들의 착한 미소가 밥상머리에 두런두런 다 모여 앉을 때까지, 행복에 겨워 가뭄 걱정을 까맣게 잊은 채 말이다.

남편의 생일 전날 (음력 칠 월 이십사일) 막내가 태어났다.

"엄마가 배 아프시데요." 등교하는 딸내미가 전하는 산통(産痛) 소식에 부랴부랴 달려온 골목 친구들의 부축을 받으며 동네 산부인과에서 순산했다. 거짓말처럼 산통(産痛)이 수월했어도 산모는 산모다. 더구나 노산이 아닌가! 한데, 겁도 없이 곧바로 퇴원했다. 출근하는 남편과 아이들 등교 등등 걱정거리가 한둘이 아니더라도 퇴원하지 말았어야 한다.

세상에나 이런 안타까운 일이 또 있나! 우리 시어머님 큰 동서님과 따님을 대동하시고, 삼복더위가 대수냐며 용강리에서 서울 수유동으로 행차하신 거다. 큰아들 생일 전날 말이다. 대문 밖 기척에 쪼르르 달려 나간 딸내미가 "엄마가 오늘 아기를 낳았어요."라고, 하자 시어머니 말하기를 "너 엄마에게 물어봐라, 할머니 들어가도 되느냐고" 우리 시어머니 우문에 박장대소한 식구들에게 오래오래 놀림을 받으셨다.

첫아이 임신한 배불뚝이가 시아버님 생신을 치르고 집으로 올 때이다. "예야 나 좀 보거라" 하고, 부르시는 시어머니가 병원비에 보태라고 뭘 주시

엄마가 아기를 낳았어요.

려나, 가당치 않은 바람이 엄청 야무졌다. 한데, "아이 낳는 것도 버릇이다. 처음부터 병원에서 애 낳으면 계속 병원에서 낳아야 하니 집에서 낳아라." 하시는 게 아닌가. 하지만 시어머니의 당부를 무시 한 채, 부평 성모병원에서 김해룡 수녀님의 집도로 첫째 딸아이가 태어났다. 철이 들려면 머~언 애아빠 좀 보소, 아이 낳았다고 시골 부모님께 연락한 것이다. 농사일 미뤄 둔 채 큰 동서님을 모시고 허겁지겁 부평으로 달려오신 시어머니, 첫아이 낳은 큰 며느리에게 누렇게 빛바랜 미역 한 잎 내놓으시며 "너희들 병원비 얼마나 들었느냐"라고 하신다. 아이 낳는 것도 습관이라는 게 우리 시어머니의 지론이다.

경기 광주에서 둘째 아이(첫아들) 낳을 때다. 산통으로 새벽부터 괴로워하는 제 처를 외면 한 채 철딱서니는 서울 친구네로 놀러 가셨다. 마지막 버스로 귀가해서 겨우 하시는 말씀이 "그저 아기를 낳지 않았어요." 한다. 꼬박 하루가 넘도록 산통이 지속되자 친정어머니께서 잠자는 사위를 깨우셨다. "여보게 사람 죽이겠네, 어서 의사 불러오게나," 장모님 등쌀에 잠옷을 갈아입은 이 남자 구시렁거리며 대문 밖으로 나갔다. 다행스럽게도 공의가 상주하는 시골 보건지소가 우리 집에서 약 3분 거리에 불과하다. 음력 팔월 열하

릇날 새벽녘 억지로 출산을 시킨 관계로 몸무게 4킬로그램의 신생아 이마 양쪽에 상처가 생겼다. 태아가 너무 크게 자라서 양수가 미리 터지는 바람에 산모와 아이가 그리 고생한 것이라는 산파의 말이다.

자식이 둘이나 태어났으니, 철이 들 만도 한데 이 남자 멀어도 한참 멀었나 보다. 추석날 본가에 가는 일 포기 하는 줄 알았다. 웬걸, 아침밥을 먹자마자 곧바로 시외버스에 몸을 실었다. 연탄불은 꺼지고 친정어머니가 아들 집으로 가시며 연탄아궁이 뚜껑 위에 올려놓으신 밥과 미역국에서 온기가 떠나버렸다. 마치 무책임한 가장의 마음처럼 말이다. 차디찬 미역국과 식은 밥이 위에서 역류하고, 눈물 콧물이 울컥울컥 쏟아졌다.

난산한 산모를 버려둔 채 고향집으로 달려갔으면 혼자 되돌아올 일이지, 이틀 후, 인정머리 상실한 남편은 오만 정이 다 떨어질 시어머니와 큰댁 어머니까지 모시고 나타났다. 두 시어머니 아침 일찍 일어나 세수하고 머리 빗고 옷매무시 가다듬고 단정히 앉아서 꼼짝도 하지 않으신다. 하룻밤 주무시고 곧바로 시골집으로 되돌아가시면 오죽이나 좋을까. “밥해 바치는 엄마나 산모가 차려온 밥상에서 숟가락 잡으시는 할머니들이나 똑같다.” 하는, 딸내미의 지청구가 아니더라도 어처구니없는 행동이다. 아마도 젊어서 무서울 게 없었나, 아니 해산어미도 배가 너무 고파서 그랬다.

셋째(둘째 아들) 낳았을 때도 모자지간이 여전하다. 그 시절, 시골집에 소식을 전하려면 친척 집으로 전화를 걸어야 했다. 온 동네에 한 대뿐인 전화가 친척 집에 있어서다. 서울 풍납동으로 득달같이 달려오신 시어머니와 큰댁 어머니, 당신 며느리 산 바라지하는 우리 언니에게 꼬박꼬박 밥상을 받으셨다. 두 분을 이해하려고 아무리 애써 봐도 무식한 내 머리통이 빠개질 지경이다.

추억은 아름답다고 하는데, 나는 젊은 날의 버거운 삶과 가슴에 쌓아둔 아픈 기억 때문에 오랜 시간을 칠흑 같은 고통으로 시달림을 받았다. 자신의 실수를 절대로 인정하지 않는 남편도 "출산"이 부분에서는 입을 다물어버린다. 마치 귀가 꽉 막힌 사라처럼 말이다. 시어머니는 어떻고, 부모의 임종을 지키는 자식은 하늘이 내려 준다고 하는데, 달갑지 않은 맏며느리가 혼자 지켜보는 앞에서 마지막 숨을 거두셨으니, 그분도 무척 힘드셨으리라 는 생각이 든다.

다리는 땅딸이 실룩거리는 궁둥이 바라만 봐도 웃음이 저절로 나오는 녀석이 어느 월요일 기쁨처럼 우리 집에 왔다. 한데, 낯을 가리는지 소리를 전혀 내지 않는 답답이다. 낯선 사람이 오거나 말거나 본체만체, 산짐승들이 앞마당까지 쳐들어오는 밤중에도 침묵으로 일관이다. 아니, 저놈의 개가 짖는 걸 모르나 궁금증이 도져서 예방주사를 놓아보기로 했다. 아픈 주사를 맞고도 소리를 지르지 않을 시에는 언어를 상실한 게 틀림없다는 생각으로 말이다. 녀석이 반응을 보이지 않아도 개의치 않고, 나와 남편은 녀석의 머리를 쓰다듬고 손 줘 발 줘 가르치며 예뻐했다. 더구나 기르고 싶어도 가격이 워낙 비싸서 망설이던 참에 지인에게 거저 받았으니, 아침에 눈을 뜨자마자 개장으로 달려가는 건 당연하다.

2주가 지나자 '멍멍' 짖어대는 게 아닌가! 오호라, 낯가림이 사라지고 저를 사랑하는 내 마음이 통했나 보다. 새록새록 기쁨이 도지게 하는 녀석에게 '먼데이' 라고 이름을 지어주었다. 개장 앞에서 딱 한 번 배변 실수를 해서 야단을 쳤는데, 그 후부터 아침 산책하러 나갈 때까지 꾹 참고 기다리는 녀석이다. 야단맞은 걸 짐승의 머리로 기억을 하고 있으니 예뻐할 수밖에 없다. 큰 밭으로 일하러 나갈 때마다 뭉툭한 꼬리 살랑이며 짧은 다리로 뒤뚱 뒤뚱 앞장서 가는 녀석이 제 발걸음이 빠르다 싶으면 걸음을 멈추고 오독하니, 기다리기까지 한다. 고 귀여운 녀석이 지난 4월에는 임신까지 했다.

두 달을 기다려 강아지들과 만남이 이루어지는 날이다. 출산일이 다가왔는데도 녀석은 별 반응이 없다. 밤 열두 시쯤 살펴봐도 출산 기미가 전혀 보이지 않는다. 새벽 4시경 재주라고는 일도 없는 큰 강아지가 '멍멍' 짖어대는데, 우는 것처럼 들린다. 후다닥 뛰어나가 보니, 개장 밖으로 밀려 나온 강아지는 거의 죽음 상태이고 개장 안에서 꼬물거리는 3마리는 아주 건강해 보였다. 하지만, 어미 닭 품에서 뽀송뽀송한 병아리를 전부 빼앗아 가는 들고양이가 갓 낳은 강아지를 물어가는 건 빤한 일이다. 그 때문에 해산어미개와 새끼를 얼른 베란다로 옮겨놓았다. 세상에나! 베란다에서 한 마리를 더 낳아 합이 다섯이다.

더위로 베란다에서 어미 개와 강아지가 시달릴 것 같다. 하여 한 낮에는 소나무 아래로 해그늘이 내려오는 저녁나절에는 베란다로 옮겨 놓기를 반복했다. 하루는 아침나절 밭일을 마치고 집에 들어와 보니 쨍한 햇살이 베란다에 가득하다. 강아지들이 얼마나 더울까 싶어 소나무 그늘로 얼른 옮겨놓았다. 그런데도 눈도 못 뜬 강아지들이 소리소리 지르고, 야단법석이다. 아무리 달래도 마찬가지여서 거실로 옮겨왔다. 강아지를 달래느라 허둥대는 나에게 남편이 말하기를 "강아지들을 거실 바닥에 내려놓아 봐" 한다. 바닥에서도 악을 쓰는 강아지들 쪽으로 선풍기를 돌려놓고 얼음주머니로 턱을 괴여 놓자, 악쓰는 소리가 차츰차츰 잦아드는 것이다. 이날, 아이들 웃음소리 사라진 우리 집에서 나이 든 웃음소리가 담장을 넘었다.

젖꼭지에 대롱대롱 매달리는 젖먹이를 떼어놓고 이리저리 따라다니는 어미 개, 새끼를 돌보는 품새가 달구만도 못하다. 우리 집 개들은 닭들이 제 밥그릇에 든 사료나 물을 먹어도 그냥 놔두는데, 그걸 모르는 멘데이가 큰 닭을 덥석 물어서 야단을 쳤다. 녀석의 나쁜 버릇을 어찌 고쳐놓을까, 궁리 끝에 수탉을 붙잡아 먼데이 얼굴에 바짝 들이대자, 놈이 부리로 먼데이의 콧잔등을 마구 쪼아대는 것이다. 그 후부터 병아리는 물론이고 까치도 무서워 도망가는 녀석이, 너구리와 오소리 등 들짐승과 싸워서 이길 재간이 거의 없다.

그렇게 조심했는데도 대형 사고가 터지고 말았다. 강아지를 베란다로 옮겨 올 때 자동으로 따라 들어오는 어미 개가 빤히 쳐다보면서 들어오지를 않는 것이다. 잠시 후 먼데이가 자지러지게 소리를 지르는 것이다. 산짐승(너구리와 오소리)이 대문 안으로 들어온 걸 감지하고 잔디밭에서 버티고 있다가 습격을 받은 모양이다. 살점이 떨어져 나간 옆구리에서 피가 줄줄 흐르는 먼데이가 몸부림치는 기절초풍할 노릇이 내 집 앞마당에서 일어났다. 게다가 동물병원의 진료 시간이 끝나고, 약국도 문을 닫았을 시간에 사고가 난 거다. 시골구석에서 뾰족한 수가 없으니, 급한 대로 사람에게 사용하는 소독제로 응급조치했다. 상처가 그 정도면 엄청 아파서 몸부림을 쳐야 맞는데,

어쩜 저리 잘 참는지 모르겠다. 다친 녀석 걱정으로 고단한 여름밤을 뜬눈으로 지새웠다.

다음날 처방받아 온 항생제를 먹였으니, 어미의 젖이 줄어들 일이다. 그나마 다행으로 강아지들이 송곳니가 나온 상태여서 이유식을 먹여도 될 것 같다. 해서, 따듯한 쌀밥에 계란 프라이를 넣고 잘 섞어 강아지들에게 먹였다. 이 사건으로 먼데이의 자식 사랑이 대단하다는 걸 알았다. 계란 프라이가 들어간 밥이 새끼들 몫이라는 걸 어찌 알고 외면하니 말이다. 새끼들이 남겨 놓은 밥을 먹으라고 들이대도 본체만체하는 녀석이 제 밥그릇으로 옮겨주자, 그때야 입을 대는 것이다. 며칠 전 외출에서 돌아오자, 막내며느리가 "어머니! 자동차 뒤따라가는 먼데이 보셨어요, 아무리 불러도 못 들은 척 다리 깨에서 어머니를 기다렸어요." 한다. 이런 세상에나! 젖먹이들은 어쩌라고, 가슴이 뭉클하다. 다 큰 개를 저 살던 곳에서 옮겨왔으니, 처음에는 나름 겁도 많이 났을 것이다. 버려지는 것 같아서 짖지도 않았을 것이다. 영리한 개가 자신이 사랑받고 있다는 걸 알아서일까? 초롱초롱한 눈동자가 나에게 조준이 된 것 같다.

요즘, 어미를 똑 닮아 눈동자가 유리알처럼 말간 강아지들이 엉금엉금 기어다니고 형제끼리 장난도 친다. 이 더위에 다섯 마리나 키우려니 어미가 버거웠는지, 두 마리가 빠져나갔다. 먼데이가 졸졸 따라다닐 때마다 제 새끼를 땅에 묻어 준 내게 미안해서 저러나 싶다. 먼데이야, 그만 아파하고 넓은 터전에서 너랑 아가랑 맘껏 뛰어놀아라. 낯선 사람이나 들짐승이 대문으로 들어오면 짖기도 하면서 말이다. 그 사건 후 밤이나 낮이나 엄청나게 짖어댄다.

"개떡같이 말해도 찰떡같이 알아듣는다."라는, 말의 뜻을 이해 못 하는 사람에게 상처받고 십 오년이 넘도록 맘고생 몸고생이다.

그해 가을, 따뜻한 날씨가 시월 중순까지 이어져 붉은 고추 수확이 계속되었다. 가뜩이나 힘든 가을걷이가 고추까지 늦도록 붉어 대니 여자들 일거리가 이만저만 많은 게 아니다. 우리 반 자매님 댁 집 축성 미사에 다녀오는 자동차 안에서다. 이 상황을 설명하는 자매가 "일이 많아서 고추가 계속 붉는다."라고, 어순을 틀리게 말하고는 "내 정신 좀 봐 거꾸로 말했네," 하며 깔깔 웃었다. 그 말에 "개떡같이 말해도 찰떡같이 알아들었어요."라고, 웃으며 말하자 자동차에 동승한 사람들 모두가 눈물이 나도록 까르르 웃었다.

'개떡같이 말해도 찰떡같이 알아듣는다.' 혹 설명이 부족해도 상대방이 알아서 듣는다는 뜻으로 많이 사용하는 말이다. 이때만 해도 문제가 이렇게 크게 불거질 줄 꿈에도 모르고 함께 웃고 즐거워했으니 나도 참 딱한 사람 중 하나다. 우리 성당 주임신부님의 주일미사 강론 말씀에서다. 예수님 제자들도 복음 말씀 전파하실 때 "개떡같이 말해도 듣는 사람은 찰떡같이 다 알아들었다." 라고 하신다. 그날 강론 말씀을 이 자매가 듣고 오해를 풀었으면 했다.

개떡 같은 말 찰떡같이

이상한 느낌이 들기 시작한 것은 매 주일 성당 갈 때 우리 차를 타던 사람이 꽤 멀리 떨어진 자매의 자동차를 이용하는 것이다. 게다가 성전에서조차 얼굴을 돌리고, 동네 여자들끼리 외식을 나가도 식사 자리에서조차 얼굴을 돌리는 것이다. 이때만 해도 저 사람이 뭐 때문에 저러나 대수롭지 않게 여겼다. 그러나 냉랭한 그의 태도가 반복되자 여간 불편한 것이 아니다. 이유나 알아볼까 하는 생각으로 그 댁으로 발길을 옮겼다. 정말 어처구니가 없는 일이다. 내가 자기를 "개떡" 같다고 했다니…. 그 일로 너무나 괴로워서 몸이 아프고 견딜 수 없는 고통으로 시달린다고 한다. 또 나만 보면 살이 떨리고 고통스러워 고해성사를 보고, 겨우내 기도해도 자기를 제대로 추수를 수 없다며 터무니없는 푸념을 쏟아내는 것이다.

순간 머리가 띵하고 어이가 없었지만, 속상해하는 그녀를 달래 보려고 했다. 하지만 대화의 빗장을 닫아버린 사람 앞에서 속수무책이다. 며칠을 궁리 끝에 "개떡같이 말해도 찰떡같이 알아듣는다."라는, 말속에 담긴 뜻을 자세히 설명하면서 그 내용을 복사해 온 원고를 전해주려고 했다. 그리고 이해하기 어려우면 자식들에게 물어보라고 했다. 세상에나! 한술 더 해서 "무심히 던질 돌에 개구리 맞아 죽었다"라고, 한다. 오해를 풀려고 하다가 오히려 상처만 더 받고 자존심이 벼랑 끝까지 몰린 기분이 들었다.

그 후부터 내게도 신체적 이상이 오기 시작했다. 걸핏하면 가슴이 뛰고 서서히 바른쪽 손발에 마비가 와서 글씨를 제대로 쓸 수 없는 것이다. 또 엎친 데 덮친 격으로 얼굴 반쪽이 떨리고 소화불량으로 시달리게 되었으니, 멀리서 일하는 자매를 봐도 가슴이 쿵쿵거리고 숨이 턱턱 막혔다. 이렇게 고통스러운 나날도 세월이라는 명약으로 어느 정도 치유를 받았지만, 마음 한구석에 쌓인 앙금은 쉽사리 사라질 기미가 보이질 않는다.

그 와중에 입이 방정이었으니, 이웃에게 황당한 사건을 털어놓았다. 한데, 이 자매 "마리아씨 어서 그분에게 사과하세요." 한다. 순간 '내가 세상을 참 잘못 살았구나!' 이웃이 전부 적들뿐이구나 하는 생각이 들자, 너무나 서글프고 견딜 수 없는 치욕감에 얼른 그 자리를 피하고 말았다. 속마음을 털어놓고 위로를 받고 싶었는데, 오히려 무거운 쇳덩어리를 가슴에 매달게 되었다. 어느 날 오랫동안 묶어놓은 매듭을 풀어 보기로 했다. 자초지종을 설명하자 이 자매 "미안해요, 미안해요."라고, 여러 차례 사과를 한다. 매듭이 잘 풀려서 이보다 더 감사한 일 또 있을까 했다.

더 기가 막히는 건 "그분에게 사과하세요. 형님 처음 봤을 때부터 얼굴에 독기가 가득했어요."라고, 하는 이 자매 부부 우리 성당에서 최고의 봉사자로 손꼽히는 교우이다. 눈앞이 캄캄하고 광야에 버려진 것 같은 분노가 밤낮으로 괴롭히는 바람에 우울증과 공황장애가 나를 넘어트렸다. 이 자매 땅 끝마을로 이사했으니, 매듭은 놔둔 채로 살아가야할 것이다.

서울 수유동 성당에서 성경 공부를 할 때다. 마리요셉 수녀님은, 충고하고 싶은 사람에게 가려거든 “주님 제 입술에 임하시어 남에게 상처가 되는 말에 제 혀가 사용하지 말도록 도와주십시오.”라고, 꼭 기도를 바치고 방문길에 오르기를 신신당부하셨다. 내게도 주님의 천사가 임하시어 내 혀를 감싸주시고 내가 이성을 잃지 않도록 특별한 은총을 허락하셨으리라. 주님께서 나를 이웃의 심판자가 아닌 사랑으로 파견하셨으니, 이웃을 비판하지 않고 생긴 그대로 받아들이기로 했다. 나와 생김새부터 생각과 말과 행동 모두가 달라도 많이 다르다는 것도 하루빨리 인정하는 것이 상책이고 칠흑 같은 암흑에서 밝은 빛이 보이는 게다.

이젠, 마음이 차츰차츰 느슨해져서 예전처럼 글씨도 예쁘게 써지고 수필집과 시 집에 서명해도 손이 덜 떨려서 그나마 다행이다. 또한 글쓰기에 재미를 붙이자 아프던 몸도 한결 가볍고 홀가분하다. 이제 너그러운 마음씨와 예쁜 글 아름답게 담아내면서, 주님께 덤으로 받은 달란트 바르게 사용할 것이다. 누구를 탓하랴! 말솜씨가 차가운 사람이 얼굴까지 염하강 성엣장처럼 차갑게 보였으니 그리들 판단하였으리라. 머지않아 겹겹이 쌓인 눈이 녹아내리듯 가슴팍을 옥죄는 불쾌감도 차츰 녹아내리고, 산과 들에 푸른 새싹이 돋아나면 상처받은 내 영혼도 푸르고 밝게 발돋움하리라 봄 햇살 타고서 쨍하게 말이다.

그의 편지에 답장하지 않았다. 아침마다 출근하는 그가 나의 눈가를 슬그머니 스쳐 가서이다. 이 남자 출근길 오가며 나를 보았을 터, 사무실 사환이 여전히 그의 편지를 배달 나온다. 한데, 수 없이 보내온 편지 내용이 전혀 생각이 나질 않는다. 보낸 사람이나 받은 사람이나 똑같다. 기억의 메모리가 바닥이 나서일까? 어쩌면, 버거운 삶의 무게가 아름다운 감성을 몽땅 삼켜버려서 일게다.

애들 아버지 출근할 때 일이다. 지방으로 연수를 가서도 꼬박꼬박 거르지 않고 편지를 보낸다. 거의, 싸우지 말고 아이들과 재미나게 잘살자는 내용이다. 어느 해, 성탄 무렵에는 아침에 출근 한 남편에게서 생뚱맞게 편지가 왔다. 세상에나! 예쁜 카트 한 장 보내시면 어디가 덧나시나, 사무용 누런 봉투가 정말 촌스럽다. 편지봉투에 찍혀있는 일부인의 날인을 보고서야 궁금증이 모두 풀렸다. 그해 여름, 3주간 연수를 다녀온 남편이 "뭐 받은 것 없어" 라고, 한다. "아니" 시큰둥한 대답에 우물쭈물하더니, 이 남자 연수원에서 마누라의 답장을 기다린 모양이다.

*행낭 속 우편물이 우체국 종사자들의 실수로 이곳저곳으로 돌아다니다

편지 연필로 쓰다

가 늦게 도착하는 경우가 간혹 있다. 하지만, 실수를 줄이기 위해서 우편행낭을 뒤집어 탁탁 털어내는데, 도대체 편지가 3개월 이상 어디를 돌아다니다 제 주인을 찾아왔을까 싶다. 연수생들이 가족에게 보내는 편지를 담당 직원이 모아 두었다가 크리스마스가 임박해서야 발송한 것으로 짐작이 가는 일이다. 아마도 무뚝뚝한 우리나라 남자들을 대신해서 연수원에서 깜짝 이벤트를 한 모양이다. 모든 정보를 손안에서 해결하는 요즘, 연필로 쓰는 편지의 매력을 전혀 모를 거다. 편지 한 통의 따스함으로 오래오래 즐거운걸, 괜스레 행복해서 얼굴이 발그레 달아오르는 약간 촌스러운 기억들이 하나둘 떠오른다.

내가 우체국에 근무할 때, 월남파병 장병들과 펜팔이 유행했다. 우리가 매달 구독하는 월간지 '경향 잡지'에도 장병들의 연락처와 신상 정보가 기재되었다. 그들에게 위문편지를 전하라는 당부의 말씀도 함께, 다 큰 처녀가 이성에게 편지를 쓰기 시작한 것도 이때부터다. 덩달아 문장 실력도 용트림하였으리라. 처음에는 자기소개와 더위 속 전쟁 이야기 등등이었다. 나중에는 예쁜 봉투의 편지가 슬슬 기다려졌다. 의무병에게는 신앙 이야기로, 또한 장병에게는 누나라고 속이고 답장을 해 주었다. 또, 수색대에 복무 중이라는 장병은 중간에 감감무소식이다. 수색 근무 중 어찌 된 것 같아서 씁쓸하다.

광주 우체국에 근무하는 두 살 아래 귀여운 사내도 있다. 어느 날, 이 사내가 입대하게 되었다며 만나자고 한다. 지금 생각해도 멍청이 바보 답답이가 따로 없다. 나는 걸어서, 광주에서 버스 타고 곤지암까지 온 그와 진우리 중간 지점에서 만났다. 어디서 커피라도 한잔 마시며 이야기 나눌 일이지, 그냥 길거리의 만남이 누나와 동생으로 입대한 후에도 계속 편지가 오고 갔다. 하지만 나이가 어린 남자와 만남을 터부시한 탓으로 그와의 관계가 지지부진하여 버렸다.

우리 남편 제 마누라에게 지금도 손 편지 쓴다. 주로 간식거리 나열한 메모지를 직접 건넨다. 그 먹을거리 혼자 드시기가 미안스러운 이 남자 마누라 입으로 직접 배달도 한다. 게다가, 입으로 들어가는 음식을 모두 거부하는 병 때문에 성화가 이만저만 아니다. 체중이 50킬로그램 이하였으니, 오죽이나 안타까울까? 덕분에 불어난 체중과 튼튼한 팔다리가 농사일 아주 잘한다. 가끔 볼멘소릴 한다. “당신 우리 엄마께 일러야지, 남자들도 힘들어 절절매는 농사일시킨다.” 하고, 이 남자 피식 웃는다. 받을 이: 하늘 도성 우리 엄마 앞, 빨간 거짓말 같은 아름다운 이야기 가득 써 놓은 꽃 편지, 하늘 배달부에게 부탁해 볼까? 머릿속에서 가을 편지가 내내 바스락거린다.

*우편물을 담아 나르는 큰 자루

천사天使 들의 합창

프란체스코 집에는 들깨꽃처럼 향기로운 사람들이 몸 비비며 살고 있다. 장애인 이십 명을 돌보는 젊은이들은 자신을 하느님께 봉헌한 수사(修士)들이다. 어느 해, 그곳에서 봉사할 기회가 주어졌다. 장애인 시설이라는 선입견과 다르게 집 안 구석구석이 아주 깨끗하고 정갈하다. 걸레가 행주처럼 뽀얗게 그대로 이였으니…. "우리 집보다 더 깨끗해" 거실과 방, 창틀까지 청소하면서 우리가 한 말이다. 자신을 드러내지 않는 봉사자들의 세심한 손길이 머물렀으리라 짐작이 간다.

통진성당 9시 어린이 미사에 장애인들이 참석할 때가 가끔 있었다. 이들의 몸가짐이 부산스러울 땐 자리를 옮기거나 아님, 조용히들 하라고 이를 때도 있다. 다운 증후군, 지적, 지체 장애인 이들은 그나마 양호한 편이어서 미사 참례를 하는 것이다. 발음 상태가 어줍기는 해도 성가도 곧잘 부르고 천원짜리 달랑이며 봉헌 예절까지 한다.

식사 전, 후 기도를 어찌나 잘하는지, 자기들이 먹고 난 식판을 모두 주방으로 가져가고 음식물 찌꺼기 처리도 척척 이다. 거실 청소 하며 상을 접어서 제자리에 옮겨놓는 과정도 익숙하게 잘들 한다. 또 저녁기도 때 그날의 주방 봉사자들을 위해서도 '기도하세요.'라는 원장 수사님의 말에 모두가 '예'하고 합창한다.

며칠 후 원장 수사님의 배려로 그곳에서 점심을 먹게 되었다. 식사 시간이 다 되었는데도 한 사람이 마당 가 나무 옆에서 서성이는 게 아닌가. 오른손이 불편한 그는 성호를 그을 땐 왼손으로 오른손을 이마까지 들어 올려서 기도한다. 또 그 몸으로도 비 온 뒤, 마당에 고여 있는 물을 비로 쓸어내는 것이다. 원장 수사님의 말로는 장애가 있는 자식이나 형제를 시설에 맡겨 놓았어도 찾아오는 사람이 거의 없다고 한다. 그의 형이 가끔 동생을 만나러 오는 것이라 하니, 소년처럼 들떠서 아름다운 기다림을 하는 것이었다.

인천으로 2년 과정의 신학원을 다닐 때이다. 집으로 오는 길에 수녀님들이 운영하는 어린이 보호 시설을 방문했다. 손목이 없는 아이, 아예 팔 없는 아이, 두 눈을 전혀 볼 수 없는 갓난아기, 애처로워 어찌해야 할지 몸 둘 바를 몰랐다. 저녁 식사 시간이 다가오자, 봉사자들은 아가들을 일렬로 쭉 눕혀놓고 부산스레 움직이는 것이다.

이럴 수가! 숟가락이 기계처럼 작은 입을 번질나게 들락날락한다. 음식을 받아먹는 것이 아니라 봉사자들 손에 의해서 목구멍으로 넘길 뿐이다. 외국인 수녀님들도 그 일에 익숙해서인지 묵묵부답이다. 봉사자들 나름대로 사정이 있어서 그리하는지 몰라도, 어쩌거나 창자가 뒤틀렸다. 젊은이들의 잘못된 성문화로 태어난 생명들이라는 수녀님의 설명에 가슴이다. 거기에 비하면 프란체스코 집 장애자들의 삶이야말로 부자가 부럽지 않을까 한다. 아름다운 봉사자들과 수사님들의 봉헌된 삶으로 장애자들에게 풍요를 더하고 있으니 말이다.

그곳에 가면 기린처럼 목이 긴 사람 웃고 있다. 맨 날 맨발로 다녀서 프란체스코 성인을 닮아가는 분들이다. 신문지를 소일삼아 찢어대는 자폐아도 있다. 그에게 밥 한술 더 먹이려고 끼니마다 땀 뻘뻘 흘리는 사람 예수님을 닮았다. 천사들의 바라기 수사님의 말에 '예'하고 합창하는 이십 명의 장애자들이다. 그들의 봉헌 된 삶을 위해서 어머니들 매일 묵주 알 굴리며 침묵을 봉헌하실 것이다.

그날, 점심 한 끼의 봉사를 통해서 세상에는 이기적인 사람들로 가득하다는 잘못된 생각도 싹 바꾸게 되었다. 또한 정부에서 시설마다 정기적으로 지원을 하고 있으니 이 얼마나 다행한 일인가. 이십여 년 전, 마주했던 아가들도 지금쯤 훌쩍 자랐을 것이다. 어느 후덕한 분께 사람 대접받고 있다면 참 좋겠다. 바쁘다는 핑계로 봉사와는 거리가 먼 이기적인 삶을 되돌아보면서, 그늘진 곳에 주님의 은총이 늘 함께하시기를 기도한다.

꼰벨뚜알 성 프란치스코 회 (김포시 통진읍 서암리 소재)

3장 책속에서 중봉조헌을 만나다

· 반갑다 고니야
· 남자들이 사라졌다
· 말괄량이 대행진
· 별것을 다 기억하다
· 칭찬 아끼지 말자
· 이기울의 겨울이야기
· 책속에서 중봉조헌을 만나다
· 나를 잊지말아요
· 까미야 하미야

오랜 기다림이 헛수고가 아니다.

“카메라 들고 어서 빨리 무 논배미로 나와 봐” 하고, 소리치는 남편의 목소리가 한껏 들떴다. 자전거를 타고 아침 운동을 나갔던 남편이 무 논배미에 오락가락하는 고니를 발견하고는 들고 다니는 손전화로 내게 알려온 것이다. 느닷없이 웬 고니가 나타났나 싶어 두근거리는 가슴을 안은 체, 자동차로 부리나케 농로 길을 달렸다. 이기울에 이런 일이! 덩치가 꽤 큰, 고니 두 쌍이 무 논배미서 청둥오리와 어울리어 자맥질하는 것이 아닌가! 우아한 고니들의 모습을 넋 놓고 바라볼 땐 어릴 적 동화책을 읽을 때처럼 가슴이 콩콩 뛰었다.

그러나 보는 것만으로는 성에 차지를 않는 것이 탈이다. 녀석들의 우아한 모습을 카메라에 담아보려고 아무리 애를 써 봐도 헛수고였으니, 이때부터 내 조급증도 시작이다. 카메라를 들고 더 가까이에서 어찌하려고 논두렁까지 다가가는 바보 같은 짓을 하고 만 것이다. 인기척에 놀란 오리 떼가 ‘꽥꽥’ 소리치며 날아오르자 덩달아 고니들의 날갯짓도 시작되었다. 저녁노을 속으로 유유히 날아가는 고니들을 향해 “고니야 돌아와 줘” 소리치며 발을 동동 구를 수밖에, 더구나 이기울에 처음으로 날아온 귀한 새들을 어처구니 없는 짓으로 날려 보냈으니….

기러기와 오리 떼는 사람들에게 놀래어도 멀리 떠나지를 않고 주위를 빙빙 돌다가 다른 논배미로 내려앉는다. 혹시 고니들도 기러기처럼 다시 내려앉을지 하고 기다렸지만 때늦은 후회일 뿐이다. 그나마 날개를 쫙 펴고 하늘 높이 치솟는 멋진 모습을 카메라에 담을 수 있어서 다행이었다. 고니들이 그렇게 날아가 버린 후, 녀석들을 향한 어설픈 나의 기다림이 시작되었다. 얼음이 꽁꽁 언 겨울에도 따사로운 햇살이 양 볼을 스치는 봄날에도, 들길을 걸을 때는 무 논배미에 자맥질하던 녀석들이 눈앞에 아른거렸다. 이듬해, 달랑 한 마리가 날아와서 겨우 하루를 머물다 간 것으로 끝이 아닐까. 혹시 사고가 나서 고니들이 잘 못 된 것은 아닐까 싶었다.

어느 봄날 외출에서 돌아온 남편이 "고니가 아홉 마리나 왔어"라고 한다. "아니 그 기쁜 소식을 왜 이제야 말하는 거야"라고, 짜증을 부리고는 어린아이처럼 가슴이 달떠서 밤잠까지 설쳤다. 아침 일찍 햇살이 퍼지기도 전에 자동차로, 햇살 따뜻한 오후에는 걸어서 무 논배미로 단 걸음이다. 겨울 철새

인 고니가 이미 우리나라를 떠나간 것으로 알았는데, 무려 아홉 마리나 은빛 물결 일렁이는 무 논배미에 날아든 것이다. 이번에는 고니 근처에 얼씬도 말아야지, 다시는 내 불찰을 후회할 짓은 절대로 말아야지 다짐하고 또 했다. 찰랑이는 물살을 가르며 일렬로 오락가락하는 녀석들, 양 날개를 쫙 펴고 꼿꼿이 서서 푸덕푸덕 날개 짓하는 녀석, 부리를 물속에 처박고 자맥질하는 녀석, 아홉 마리의 큰고니가 멋진 자태를 보여주었다. 하지만 사흘 만에 훌쩍 떠나가 버렸으니, 고니들과 짧은 만남으로 가슴 설레는 기쁨도 금세 사라지고 말았다.

고니들이 무 논배미로 돌아올 무렵 주변 야산에서 벌목이 한창이었다. 환경보호 운운하면서 귀한 새들이 좀 더 편히 쉬도록 도와주지는 못할망정, 역부로 새들을 쫓아내려고 심술부리는 것 같았다. 더구나 테마 마을로 지정이 된 우리 마을에 큰고니들이야말로 관광 상품으로 더할 나위 없을 것이다. 공부에 지친 아이들이 동화책에서 보았던 고니들과 만날 수 있으련만, 어른들의 지각없는 행동으로 아이들의 꿈마저 훨훨 날아가 버리는 것 같아서 여간 속상한 것이 아니다. 기계 소음과 거꾸러지는 소나무의 아우성, 하루에도 수십 번씩 들락거리는 화물차의 덜컹거림으로 산이고 들녘이고 온통 벌집을 쑤셔 놓은 듯했으니 말이다.

낟알 하나 소유하지 않는 새들에게서 가난한 자의 평화로움을 배우고, 이웃에게 받은 상처도 훌훌 털어버릴 수 있으니, 이보다 더 좋을 수 없다. 그들이 떠나간 무 논배미엔 아직도 청둥오리와 백로 떼가 자맥질하고, 재두루미가 멋진 날갯짓으로 머지않아 매화마름 흐드러지게 피어날 논배미를 지킴이 한다.

자 이제부터 녀석들을 향한 나의 기다림의 시작이다. 이기울을 떠난 저 새들을 위해서 우리가 무엇을 해야 할지도 되새김하면서, 내년 봄 큰고니들이 아들 손자 이끌고 이기울로 다시 돌아오기를 기다릴 수 있어서 참 좋다. 따뜻한 햇살이 꽃다지, 반지꽃, 금낭화, 할미꽃, 등 봄꽃을 피우기 위해서 분주한 나날, 입가에 머물던 잔잔한 미소가 가슴속까지 파고들었다.

이 더위에 마을회관에서 확성기가 수다를 떨기 시작이다. 이번에는 오래 못 가고 곧바로 중단할 게 뻔하다. 나를 포함해서 동네 사람 모두 대단하다. 그 와중에 고추 따 드리느라 비지땀 흘리니 말이다. 게다가 행정기관 사람들의 성화에도 아랑곳하지 않는다.

이럴 수가 있나, 장애자시설 지하실이 용강리 대피소란다. 안내 방송을 듣자마자 남편과 자동차로 부리나케 달려갔다. 이게 뭔 일이야! 우리뿐이다. 밭갈이하는 사람 말하기를, 같이 죽을 일 없으니 빨리 집으로 돌아가란다. 그러고 보니 군부대가 바로 코앞이 아닌가. 더구나 장애자시설 지하실이 대피소라니 정말로 함께 죽기 딱 좋은 장소다.

겨울 난리와 여름 난리를 구분 못 하는 건, 내가 너무 어려서가 아니다. 살얼음의 모진 순간들이 기억하기조차 싫어서다. 오빠는 먼 곳으로 피난을 떠나고, 이웃집으로 놀러 간 언니는 그 집 사람들 따라서 피난길에 올랐으니, 맹추도 그런 맹추가 따로 없다. 난리를 피해 서울에서 내려온 사촌 오빠가 나쁜 놈들에게 총살당했다. 죄목, '미군들이 빨리 왔으면 좋겠다.'라고, 속내를 드러낸 입방정 때문이다. 그것도 가족처럼 지내던 교우가 쏜 총에 맞아 급사했다. 머리에 총부리 겨누며 방아쇠를 당기라니 그 사람도 제정신이 아니었을 것이다.

대모님 댁, 안채에는 안방과 건넛방 대청마루, 사랑채에는 사랑방과 외양간과 그리고 나뭇간까지 따로 있는 큰 집이다. 그 때문에 피난 나온 청년들이 꾸역꾸역 모여들었다. 무리 속에 적들이 심어 놓은 불순분자가 존재하는 걸 모르는 오빠가 입으로 제 무덤을 판 것이다. 밤나무 아래 한 줄로 세워 놓은 남자들 틈에서 오빠만 콕 집어내어 자기들 법대로 처리한 것이다. 하늘이 와르르 무너진 고통 속에서 아버지는 총구멍 난 조카의 시신을 거적으로 둘둘 말아 공동묘지에 묻었다고 하셨다.

그 후, 아버지까지 피난을 떠나고 집에는 나와 엄마가 남은 자다. 멀리서 들려오는 대포 소리가 점점 가까워질 때, 과부가 된 사촌 올케는 아들 형제를 양쪽 무릎에, 엄마는 어린 나를 품에 안으시고 안방 벽에 기대신 채 "우리 총알이 벽을 뚫고 들어와도 피하지 말고 함께 죽자" 하시며 죽음을 기다렸다. 여름 난리 때, 낮에는 산속에서 날이 어두워지면 집으로 내려와 식구들과 밤을 지새우던 우리 오빠가 부모님보다 먼저 하늘의 부름을 받았다. 오십여 년이 지났음에도 여태, 눈물샘이 마르지 않는 건, 침묵으로 일관 하신 아버지의 바짝 마른 등이 가여워서다.

지금 당장, 산 너머에서 포탄이 날아올 지경에도 사람들이 태평한 걸 보니 어디 믿는 구석이 따로 있는가 보다. 난, 어떻고 가벼운 옷차림으로 화문석 돗자리에 벌러덩 누어서 TV를 시청하는데, 누가 현관문을 '쾅쾅' 두드린다. 세상에나 망신살이 뻗쳐도 아주 크게 뻗쳤다. 경찰관 두 명이 '왜? 대피 안 하세요.' 한다. 그 말에 "대피소가 더 위험하니, 그냥 집에서 편히 죽게 내버려두셔,"라고, 하자 "대피 명령 떨어진 사실은 알고 계시죠,"라고, 재차 다짐하면서 그들이 돌아갔다.

다음 날, 사이렌이 울리면서 마을회관으로 대피하란다. 저녁 식사는 컵라면과 김밥이다. 일거리 잔뜩 놔두고 멀뚱멀뚱 앉아 있으려니 그것도 못 할 노릇이다. 이때, 노인회장이 담요를 펼치면서 화투판을 벌여놓는다. "나 집으로 잔돈 가지러 갑니다." 핑계를 대고 얼른 그 자리를 떠났다. 그날, 월곶면 용강리가 TV 화면을 장식하고 친척들의 안부 전화로 핸드폰을 뜨겁게 달궜다. 월곶면 사무소에서 마을회관으로 공무원이 파견을 나왔다. 이 사람 다리가 성치 않은 장애자 몸으로 저녁 식사를 거른 사람은 없는지 체크하는 모습이 성한 사람보다 더 꼼꼼하다. 그의 성실함을 김포시장에게 알리고 싶었다. 마을 이곳저곳을 살피는 경찰관과 잘생긴 해병대 병사는 누구의 아들인지 달덩이처럼 훤하다. 어중이떠중이란 말이 여기에 해당하는 건지 잘 모르겠다. 감투 값 치르는 사람들의 입담으로 마을회관 입구가 시끌벅적, 무식하게 뿜어내는 담배 연기가 뿌옇다. 선거철도 아닌 비상시에 뭔 꼬락서니야! 그들의 처사가 정말 불쾌했다.

어릴 적, 대추나무에 올랐다가 발을 헛디뎌 땅으로 떨어졌다. 그 바람에 허벅지에 상처가 나서 무척 아팠다. 엉엉 우는 내게 빨간 대추 한 움큼 쥐여 주면서 "상숙이 몹시 아프지 인제 그만 울어" 하던 사촌 오빠의 등이 참 따듯했다. 수십여 년의 기억을 훌쩍 넘어 우리 집으로 가을 마실 오시려나, 와서 보시고, '우리 상숙이 대견하네, 꼬맹이가 농사를 어찌 이리 잘 지어 놓았나!' 잔잔한 미소 지으실 거다.

전쟁이 끝나고 적군이 물러가자, 남자들이 하나둘 집으로 돌아오기 시작했다. 한데, 우리 집 남자들 감감무소식이다. 어느 봄날, 안방 문지방에 턱 괴고 앉아서 밖을 내다보는데, 낯익은 비렁뱅이가 대문 안으로 쑥 들어온다. 이에, 손가락으로 밖을 가리키며 "아버지 온다."다. 부엌일 하시던 엄마가 뛰쳐나오시고 언니는 엉엉 울고, 야단법석이다. 그동안 우리 엄마 가슴이 새카맣게 타들었을 터, 잘도 참으셨다. 돌아온 자와 남은 자의 해후로 식구들의 눈이 부시도록 따뜻한 봄날이다. '상숙이 저지지배 가만히 앉아서 아버지 온다고 손가락질했다며,' 어른들의 놀림감이다. 학교 다닐 때까지 놀림을 받았다.

부모님의 당부가 '늘 말조심하라, 네 오빠를 봐라,'였다. 그 말씀이 지금의 삶까지 해당한다. 자기와 생각이 다르다고 색깔론 운운하지 말자는 게 평소 나의 지론이다. 이 엄청난 실체를 전혀 모르는 사람들의 처사이기 때문이다.

서툰 농사일로 몸살이 날 지경인데, 마음마저 아파서인지 지나간 일들이 자꾸만 떠오른다. 그것도 아주 아름답게 말이다. 우울증 환자의 머릿속에서 천둥이 친 것도 아니고, 그렇다고 번갯불이 스쳐 간 것도 아닐 터, 어릴 적 일기장이 하나둘 넘어가는 것이다.

여자아이들 7~8명이 몰려다닐 땐 시골 동네 골목이 꽉 메워졌다. 산딸기가 빨갛게 익어가는 초여름이다. 방과 후 학교에서 좀 떨어진 친구네로 놀러 갔다. 책 보따리는 숙자 이모 댁 마룻바닥에 수북하게 쌓아놓고서, 달디 단 산딸기가 즐비한 개울가에서 너나 할 것 없이 텀벙텀벙 물속으로 뛰어들었다. *광목 사리마다가 흠뻑 젖어 내리도록, 이보다 더 재미나는 일 다시는 없을 것이다. 문제의 심각성을 전혀 생각도 못 하고 해가 저물어 가는 것도 잊은 채 말이다.

친구네 집에서 저녁을 먹고 나서야 문제의 심각성 알게 되었다. 숙자, 엄마와 현자 엄마, 정자 엄마 그리고 담임선생님까지 친구 집으로 우르르 들이닥쳤다. 아우성도 그런 아우성이 따로 없다. 꿀맛 같은 저녁밥이 곤두설 지경이다. 여자애들 전체가 부모님께 줄줄이 끌려가고, 나는 큰댁 조카며느리

친정에서 잠을 잤다. 다음날 혼자서 빈손으로 등교하려니 여간 민망스러운 게 아니다. 조카며느리 덕분에 부모님의 불벼락이 거르고 지나가서 그나마 다행이었다.

마을 앞뒤를 흐르는 큰 개울물이 '용버리' 한곳으로 모인다. 거기에는 까만 민물조개와 뱀장어가 서식하는 곳으로 물살도 빠르고 깊이도 근처에서 가장 깊은 곳이기도 하다. 하여, 어른들은 천렵으로, 초등학생들은 자갈이 하얗게 깔린 이곳으로 소풍을 나오는 장소이다. 담임선생님과 부모님들이 물속으로 들어가 샅샅이 뒤졌다 하니, 선생님 앞에서 얼굴도 제대로 못 들 일이다. 선생님께서 "상숙이 너 그날 밤" 하시며 씩 웃으신다.

어쩌다가 선생님과 안 좋은 일이 일어났다. 면사무소에 근무하는 오빠까지 학교로 달려오는 일이 생긴 것이다. 어느 날, 선생님께서 공부하기 싫어하는 학생들에게 '너희들 50점 이하는 10점에 종아리 한 대씩이다.'라고, 하셨다. 이런 불상사가 내가 50점에 딱 걸렸다. 우물쭈물 망설이는 선생님 앞에서 치마로 얼른 종아리를 가리고 그 자리에 쪼그리고 앉았다. 한데, 학생 하나가 종아리를 가렸다는 이유로 "한 대 더 때리세요."라고, 소리치는 것이다. 종아리에 회초리가 어찌 되었는지 생각이 나질 않는다. 기절한 내가 정신을 차렸을 때 오빠의 걱정스러운 모습이 나를 어루만지는 건, 누가 운동장을 가르며 면사무소까지 잽싸게 달려가서이다. 우리 부모님과 친구이신 선생님의 부모님께서 이 황당한 사건을 들으시고, 어머니와 아버지께 사과하셨다. 야단법석 덕분에 상위권으로 쑥 올라갔으니, 회초리 맛 그리 나쁘지만 않았나 보다. 친구 봉자 "한 대 더 때리세요." 라고. 입 조절 잘 못 한 죄로 학용품 선물까지 하면서 나를 달랬다.

어느 해, 장마가 지나간 무렵, 개울물이 엄청 많이 불어났다. 그 와중에 동창 모임에 가야 했다. 흰 운동화에 하늘거리는 원피스 차림으로 길을 나서는데, 징검다리가 물속에 가라앉은 게 아닌가. 오도 가도 못하고 망설이는 내게 물꼬 보러 나오시던 동창생의 아버지께서 "내 등에 업혀라." 하시며 당신의 등을 척하니 내어주신다. 덕분에 징검다리 건너간 운동화와 양말이 보송하다. 이 어르신 덩치 큰 처녀를 업으시고 무슨 생각을 하셨을까? 아마도 말괄량이가 딱해 보여서 그리하셨나 보다.

시간이 흐르면서 말괄량이 짓거리도 차츰 잦아들고 조신해졌다. 대부분 시골 사람이 이용하는 우체국에 근무하면서 몸과 마음이 저절로 다소곳해진 것이다. 지금의 나 누구에게 굽은 등 내어주는가! 초겨울 짧은 햇살이 등짝으로 살포시 내려앉는다. 혼자서 김장 버무리는 것 또한 나이 든 등짝의 소명일 것이다. 지금도, 말괄량이들이 꿈속으로 가끔 마실 온다. 하여, 꼭꼭 숨겨놓은 일기장이 들썩들썩하는 게다. 세상살이 죽을 만큼 힘들었던 순간에도 이 아름다운 일기장 덕분에 팔다리 흔들리지 않고 웃음꽃 피우는 게 아닌가.

*팬티의 방언

별것을 다 기억하다

7월 초, 텃밭 가장자리에 턱 하니 자리한 나무가 부챗살처럼 싱그러운 꽃을 피우기 시작했다. 그런데 나무 이름이 가물가물하고 영 떠오르지를 않는 게 아닌가. 매일 아침 바라보던 나무 이름이 떠오르질 않으니 정말 미칠 지경이다. '앗! 불사 나도 이럴 수 있구나' 하고, 체념하려니 여간 속상한 것이 아니다.

아침을 먹으면서 이 반가운 꽃소식을 남편에게 전하고 싶었지만, 자칭, 별것을 다 기억하는 내 머리가 요동을 치고 배까지 아프다. 주걱으로 애꿎은 밥솥만 박박 긁어대는데 '자귀나무구나!' 하는 생각이 번개처럼 스쳤다. 덕분에 달아난 입맛도 제자리로 다시 돌아오고, 남편과 자귀 꽃 이야기를 곁들여 아침밥을 달게 먹을 수 있었다.

이런 어처구니없는 일이 처음이 아니다. 이곳으로 이사를 하고도 이따금 도지던 병이다. 행주와 속옷을 삶다가 새카맣게 태운 적이 한두 번 아니었으니 말이다. 외출할 때도 출입문을 잠그고 나왔는지, 가스 불을 켜둔 채 그대로 나온 것은 아닌지, 조바심이 날 땐 집으로 되돌아왔다. 그 때문에 모임 장소에 늦게 도착하게 마련이다.

타이트한 정장과 굽이 높은 구두를 즐겨 신을 때 이런 일이 자주 있으니, 가던 길 멈추고 삼 층까지 달음질쳐야 하는 정신머리가 짜증스럽고 화가 많이 났다. 보리차를 가스 불 위 그대로 올려놓고 외출할 때도 있었다. 그 때문에 3중 바닥 냄비가 쩍쩍 갈라지는 것은 불 보듯 뻔하다. 부엌에서 일어 난 일을 전혀 모르는 아이들은 제방에서 놀기에 바쁘고…. 아무런 불상사도 발생하지 않았다. 더구나 까다로운 남편에게 들키지 않았으니 그나마 다행이다.

메모하는 습관은 건망증이 심한 이들에게는 더없이 좋을 것이다. 그러나 메모한 자체를 잃어버릴 땐 웃지 못할 일이 벌어지게 마련이다. 거실 탁자 위에 얌전히 놓아둔 메모지를 주머니 속에서 찾고 있으니 답답한 노릇이다. 이런 땐 천천히 메모한 기억을 더듬어 가며 마트 진열장에서 물건을 고를 수밖에 없다. 다행스럽게도 장바구니에 오밀조밀한 생필품이 녹슬지 않은 나의 기억을 말하는 것 같아서 기쁘다.

농사일 또한 기억력이 절대 필요하다. 봄에는 밭이랑에 씨앗을 넣고, 가을에는 여물 든 곡식을 거두는 일이 보통이 아니지만, 십여 년을 거의 비슷한 날짜에 마늘과 고추를 심고, 콩이나 참깨 씨앗도 넣었다. 또한 거두어 드리는 일도 같은 날에 이루어졌으니 참으로 신기한 일이다. 하루도 거르지 않고 영농 일지를 기록한 남편에게서 알게 된 사실이다. 그나마 수확기에는 초보 농사꾼도 수월한 편이다. 누렇게 익어 가는 벼 이삭과 알이 꽉 찬 마늘, 감자하며 톡톡 튀는 콩 알갱이가 무엇을 말하려는지 바보가 아니라면 금세 알아차릴 수 있어서다.

제아무리 단단한 기계라 해도 오래 쓰다 보면 녹이 슬고 고장이 나게 마련일 거다. 하물며, 잔고장 한번 없이 수십 년을 사용한 기억의 메모리가 흐려졌다 한들 대수일까. 그저 웃고 지나가도 될 일이다. 그 상황을 인정하기가 어려운 내 성격 때문에 비 오는 날 전기에 감전된 것처럼 온몸이 저리고 머리가 깨어지는 아픔에 시달린 것이다. 메모 없이도 줄줄 외우던 이웃들의 전화번호를 지금은 손에 들고 다니는 전화기가 알아서 처리하고, 컴퓨터 검색 창엔 온갖 정보가 다 들어있으니 아쉬울 것 하나 없다. 손가락 하나로 모든 정보를 다 알 수 있는 세상에서 나의 두뇌가 잠시 쉬고 싶어 하는가 싶다.

하지만, 우리 집 전화번호도 기억 못 해서 절절맬 때도 있다. 그냥 웃고 넘어가기엔 이건 좀 심해도 너무 심하다는 생각에 머리가 지끈지끈한다. 여태 외출할 땐 자동차 키와 지갑 등, 손에 들고 다니는 전화기를 찾으려고 여기저기 뒤져대니 왜 아니겠는가.

남에게 말할 때도 기분이 좋고 내가 들을 때도 더없이 기분 좋은 말이 바로 칭찬이다. 칭찬은 바닷속 고래도 춤을 추게 하고, 앉은뱅이도 벌떡 일어서게 만든다는 옛말이 있다. 돈 한 푼 안 들이고 사람을 기분 좋게 하는 말인데도 불구하고 인색하기에 그지없는 우리네 삶이 긍정적인 말을 하기보다는 부정적인 말로 상대방의 비위를 거슬러놓기 일쑤이다. 말솜씨 좋은 사람을 대할 땐 내 몸가짐이 조심스럽고 허투루 떠들지 않게 된다.

얼마 전 성당에서 만난 자매가 "얼굴이 고와졌네!" 하는 것이다. 농사일로 찌든 얼굴이 겨우내 놀고먹으니 그렇게 보이나 보다 했다. 한데, 집에 오는 길에 한의원에서도 비슷한 말을 듣게 되었다. "지난여름 농사일 안 하셨나 봐요. 얼굴이 아주 뽀얗고 예쁘네!" 하는 것이 아닌가! 이분 나와 가까운 사이도 아니고 그렇다고 변덕스럽게 말이 많은 사람도 아닌데, 그 말을 듣고 보니 여간 기분이 좋은 것이 아니다.

사람의 마음이 간사하기 이를 데 없다 하지만, 나 역시 남들과 다를 바 없구나, 하는 생각이 들었다. 겨우 얼굴이 희어졌다는 그 말에 아이처럼 맘이 달뜨다니, 이 나이에도 속물근성이 남아있어서는 아닐까, 싶다. 한편으론 순진해서 그런지도 모를 일이라 했다. 하지만, 다행스럽게도 나의 삶을 들여다보는 좋은 기회가 되었으니 이 얼마나 다행스러운 일인가.

식구들에게 따뜻한 칭찬의 말을 몇 번이나 했는지, 온몸이 근지럽고 쑥스러워서 마음과는 달리 속으로만 삭이고 말았을 것이다. 칭찬받는 일에만 좋아했을 뿐, 칭찬하는 일에 길들지 않은 나의 잘못된 생활 습관 때문에 우리 남편 섭섭할 때가 많았음에도 불평하지 않으니, 내가 너무 아둔해서 알아차리질 못했을 것이다. 힘들다고 푸념할 때 얼른 알아차리고 여시처럼 아양을 떨걸, 바보처럼 그냥 지나쳐 온 세월이 안타까울 따름이다.

지금도 늦지 않았다는 생각이 들어서 사소한 일에서부터 실행하기로 했다. 식사 습관이 좋아서 섭생 잘하는 남편에게 식사 후 잘 먹어 주어서 고맙고, 당신 덕분에 나까지 밥을 맛나게 먹어서 고맙다고 말한다. 이 남자도 역시 식사 후 숟가락 놓자마자 한 끼도 거르지 않고 제 마누라에게 "잘 먹었어요."라고 인사를 한다. 게다가 밥을 맘껏 먹지 못하는 내 병 때문에 성화가 이만저만 아니다. 한 숟가락이라도 더 먹게 하려고 부단히 노력하는 그이 앞에서 무엇이 이보다 더 고마울지 싶다.

아이들이 서울우이초등학교 다닐 때이다. 매달 보는 시험성적이 우수해서 상장을 꼬박꼬박 받아오는데도, 칭찬은 고사하고 살갑게 대하질 못했으니, 늘 마음에 걸리는 부분이다. 그런 어미에게 곱살스럽기 이를 데 없는 자식들이 정말로 고맙고 대견하다. 더구나 사내 녀석들조차 딸처럼 다정다감하니 말이다. 이번 설, 입 서비스 잘해서 식구들에게 점수 좀 따야겠다.

이기울의 겨울 이야기

갑자기 쏟아진 폭설이 산과 들을 깨끗하게 덮어버렸다. 겨울을 즐기기에 더없이 좋다 하지만, 쌓인 눈 때문에 오도 가도 못하고 방에만 박혀 있으려니 보통 지루한 것이 아니다. 지난여름 무더위에 지겹도록 나를 괴롭히던 잡풀들 생각이 나고, 매화마름 겹겹이 넘실대던 무 논배미가 시야를 아른거린다. 게다가 눈의 무게를 견디지 못한 문수산 소나무들이 가지가 꺾여 얼어 죽지나 않을지 별의별 걱정이 다 드는 것이다.

그중에서도 매화마름 생각이 가장 뇌리 깊이 맴돈다. 매화 꽃잎을 닮아서 붙여진 이름일 것 같은 매화마름, 모내기 날이면 새참을 이고 남의 무 논배미를 지나가야 한다. 무 논배미에 넘실대는 하얗고 자잘한 꽃들이 신기해서 남편에게 물어보니 매화마름이라고 한다.

저수 시설이 따로 없는 이기울에는 가을걷이가 끝나자마자 모내기철을 대비해서 용연못에 흐르는 물을 논배미마다 담수하기 시작한다. 지난봄 연못물이 가득 찬 논배미에서 “환경부 지정 멸종위기 법정 보호식물” 매화마름이 흐드러지게 피어났다. 이기울에서 십여 년 동안 농사를 지었어도 이렇게 많은 매화마름을 처음 보는 장관이다. 아니! 그 옛날 출가할 딸이 있는 가정에서 펄럭이던 무명 자락이 이기울 논배미에서 펄럭이다니…. 논두렁을 서성이던 시선이 매화마름 황홀 속으로 스르르 빠져들었다. 제 작년에는 고니 두 쌍이 날아와 가슴 설레게 하더니, 지난해는 매화마름이 군락을 이루어 세간에 관심을 끌어들인 것이다.

모내기하던 날 새참을 먹고 나서 비어있는 그릇을 자동차에 밀어 넣자마자 차를 급하게 몰았다. 카메라를 들고 숨 가쁘게 다시 찾아왔지만, 사진 찍는 기술이 부족한 나는 저녁노을에 얼굴 붉히는 꽃들과 눈 맞춤하는 것으로 만족해야 했다. 길손의 발길이 머물고 자동차들의 질주가 멈추었다. 이 모두가 매화마름의 꽃 잔치를 구경 나온 사람들이다. 그들이 감탄사를 외치기에 부족함이 없는 매화마름이 강녕포에 지천으로 깔려있고, 멸종위기 식물로 지정되어 환경부까지 나서서 보호하고 있으니, 우리 마을에서 매화마름이 사라질 염려는 하지 않아도 좋다.

모내기가 시작되면 트랙터 굉음과 함께 매화마름이 땅속으로 파묻히고, 두꺼운 층들은 썩어가면서 기름진 땅을 만들어 주기까지 한다. 이러한 땅에서 소출한 쌀은 차지고 밥맛도 좋아서 타지방에서 생산되는 쌀보다 높은 가격으로 거래가 이루어진다. 이번 겨울이 아무리 춥다 한들 김장독엔 맛깔 난 김치 포기가 내 손길을 기다리고, 곳간엔 추청 쌀이 두둑이 쌓여 있으니 난 먹고사는 걱정이야 진즉에 붙들어 놓은 셈이다. 그저 따뜻한 아랫목에서 책장을 넘기다 보면 지루함도 사라지고, 추운 겨울도 금세 지나가 버릴 것이 아닌가.

하지만, 온 산을 뒤덮은 눈 때문에 산짐승들의 먹이 사슬도 끊어지니 새들도 눈 속에서 먹이를 찾기란 여간 어려운 일이 아닐 게다. 배고픔에 견디다 못한 고라니와 새 떼가 앞마당까지 내려와서 먹이를 찾는다. 심지어 고라니는 내가 애지중지 가꾸는 어린 소나무와 사철나무까지 모조리 먹어 치우는 바람에 나무 이파리가 성한 것이 하나도 없다. 산짐승들이 우리 집 앞마당을 제 집처럼 들락날락하는 꼴이라니, 웃어야 할지 울어야 할지, 앙상한 줄기만 남은 어린 소나무 때문에 속이 뒤집힐 지경이다. 하지만 살아 있는 짐승들의 겨울나기가 얼마나 힘들었으면 저리들 할까 싶어 마음 한구석이 짠하다.

여름 내내, 품 안에 자식처럼 보살피던 밭작물을 막무가내로 덤벼들어 모조리 뜯어먹지를 않나, 겨울잠에서 막 깨어난 파 마늘 하며 봄 작물도 남아나는 것이 별로 없다. 온 가족이 하루 종일 비지땀을 흘려가며 고추 모종을 해놓아도 놈들의 푸짐한 만찬일 뿐이다. 밤이고 낮이고 가리지 않는 녀석들의 횡포를 견디다 못해 *차우차우를 보초로 세워보았지만, 고라니를 같은 종으로 알았는지 개들도 짖지를 않는다. 천적이 따로 없는 고라니들의 피해를 견디다 못한 이웃집에서 녀석들이 드나드는 길목에다

"고라니 출입 금지"

라는 우스꽝스러운 팻말까지 세워놓았다. 콩밭 여기저기에 녀석들의 흔적을 보고는

"아니! 저놈들 도대체 언문도 모르나,

올해는 저 꼬락서니들 학교에 보내서 한글을 가르치든지 아니면 서당이라도 보내야겠다."라는 내 푸념에 이웃집 아저씨가

"아주머니가 고라니에게 한글 좀 가르치시기요." 한다.

그 말에 "예! 아저씨가 고라니를 잡아만 오시기요, 제가 한글을 가르치겠습니다." 하고 깔깔 웃어 제 키는 내 속이 말이 아니었다. 지난해 가슴이 시커멓게 타들어 가던 일을 까맣게 잊은 채, 녀석들의 먹이 걱정을 하는 것은 그들도 이 땅에서 우리와 더불어 살아가야 할 창조자의 피조물이기 때문이다.

이제 곧, 수많은 생명체가 눈 속에서도 봄맞이 준비를 할 것이며, 머지않아 그들이 쏟아내는 푸름으로 산과 들이 풍요로워지고, 야생동물들도 제가 머물던 자리로 돌아갈 것이다. 또한 이기울의 넉넉한 미소가 들녘으로 널리 퍼져나갈 것이니, 어른과 아이들 다 모여 자진가락 울리며 농악을 울린다면 이 아니 좋으랴, 추청 쌀로 빚은 농주 한 사발씩 돌려가며

"*갠지 갠, 갠지 갠, 갠지 개갠 지~~~." 흥겨운 가락에 맞춰 꽹과리 두들기리라. 이기울 사람들아 잘살아 보세나, 그물을 손질하던 강녕 포 어부여! 먼지락과 용림말에 고향을 둔 젊은이여! 이기울을 떠나 타동으로 삶의 터전을 옮긴 착한 이웃들이여! 그리운 얼굴들이 옹기종기 모여 사는 고향으로 얼른얼른 돌아오소! 쌀값이 폭락해서 심기 불편한 농부들도 강녕포로 모두 나오시어, 이기울이 떠나가듯 지신밟기 하면서 매화마름 황홀 속에 풍덩 빠져봅시다. 풍덩 빠지고 나면 나는 매화마름 꽃이 되어 강녕포 무논을 하얗게 수놓으리라.

멀건 대낮 구들장 신세 지면서 방바닥으로 전해지는 따끈한 온기에 나의 시린 등짝을 비벼본다. 하지만 아직도 이기울의 겨울 산은 달마티안 무늬처럼 흰점이 희뜩희뜩 남아 있다.

* 애완견 차우차우종
**구전 농요 가락

책 속에서 중봉 조헌 장군을 만났다. 지금까지 유학자이며 의병 장군으로 알았는데, 사회개혁가이며, 교육자이고 문인이셨다 하니, 무지했던 내가 부끄러울 따름이다. 더구나 이분은(1544-1592)실존하신 인물이며 이십 사세 때 문과에 급제하시고, 우리 고장 *통진 현에서 현감을 지내신 정말로 훌륭한 분이 아니신가 말이다.

우리 집 근처 야트막한 산에 오르면 장군의 숨결이 살아 숨 쉬는 그 유명한 조강(祖江)이 아주 가까이 보인다. 산등성이에 서서 출렁이는 물결을 바라볼 때마다 나의 영혼은 짙푸른 강물 속으로 풍덩 빠져드는 느낌이다. 아마도 강나루 물안개가 조강을 드나들던 수많은 뱃사람의 고달픈 사연을 삼켜 버린 게 안타까워서 일게다. 풍요를 가득 실어 나르던 셀 수 없이 많은 배를 어디에 숨겨 둔 조강이여! 숨차게 뼈아픈 사건들마저 침묵해 버리다니, 우리 한강에서 띄운 배가 인천 앞바다까지 오고 갈 날이 어서 도래하기를 마음 모아 기도하자.

김포의 으뜸 자랑, 조헌 장군의 살신성인(殺身成仁)이야말로 우리에게 무엇을 가르치려 하는지 그 가르침을 제대로 받아들이고 그분의 삶을 본받아

올곧게 살아가야 할 일이다. 또한, 선생의 독서량이 자그마치 "1만 5천 쪽 분량을 달달 암송하셨다."라고, 하는데, 내 둔한 머리로는 가늠이 불가능한 독서량에 저절로 감탄사가 나올 뿐이다. 상촌 신흠(申欽)은 독서론에서 '독서는 이로움만 있고 해로움은 없다.' 라고 한다. 이분조차 장군의 어마어마한 독서량에 놀라시어 이처럼 귀한 명언을 남겨 놓은 건 아닌가 한다. 내가 어릴 적에는 천주교 교리문답 300여 조목 암송하는 걸 자랑하기에 바빴으니, 지금 생각해도 낯 뜨거운 일이다. 글이라고는 허접스러운 산문 몇 편과 시 몇 줄 써 놓은 주제가 건방을 떨었으니 왜 아니겠는가.

장군께서 통진 현감 시절 연못에 물고기를 손수 기르시며 부모님을 봉양하셨다 하니, 나라 사랑과 백성 사랑에 이어 효성도 남다르셨나 보다. 우리 동네 사람들에 의하면 남과 북이 갈라지기 전에는 조강과 염하강에 장어가 득실거렸다 한다. 한 술 더해서 그물로 끌어올린 장어를 공판 가마니에 가득 담아서 지게로 져 날았다고 하는데, 좀 과장되기는 해도 토박이들의 이야기라서 허튼소리는 아닌 것 같다. 장군께서도 조강에 배 띄워 놓고 낚시도 하시고, 낚아 올린 장어로 부모님께 몸보신도 챙겨드리고, 민초들과 어울려 농주 한 잔 권커니 잣거니 풍류를 즐기며 귀한 글감도 건져 올리셨으리라. 손에 든 서책 잠시 내려놓으시고서 말이다.

초창기 한국 천주교회의 뼈아픈 상처와 그 시절 선비들에게 일어난 피 묻은 사건을 빠짐없이 기록해 놓으신 분이 바로 다산 정약용 선생이다. 중봉 선생께서 명나라에 사신으로 다녀오시는 길 붓으로 쓰셨다 하는 '*조천일기(朝天日記)'를 정독하신 후, 이백여 년 전으로 거슬러 올라가 조헌 선생님의 기록 정신을 배워 오신 건 아닐지 싶다. 또, 높은 학문과 지식도 함께 전수하셔서 "목민심서" 이외 다수의 책을 저술하셨나 보다.

장군께서 그동안 갈고닦은 학문과 지식을 다 내려놓으시고, 아들과 함께 전쟁터로 달려가시는 모습 위로, 어린 아들을 제물로 바치라는 하느님 말씀에 순종하여(창세기 22장) 장작을 아들 이사악에게 지우고 자기는 손에 불과 칼을 들고 함께 걸어가는 아브라함 부자의 모습이 겹치는 게 아닌가. 아마도 이 두 분 하늘 도성에서 벌써 만나셨나 보다. 늘그막에 낳은 아들 이사악은 아버지에게 "불과 장작은 여기 있는데, *번제물로 바칠 양은 어디 있습니까?"하고, 묻자 "얘야, 번제물로 바칠 양은 하느님께서 손수 마련해 주신단다." 하는, 아브라함의 가슴이 시커멓게 타들어 갔을 것이다. 아브라함 할아버지와 우리 장군님의 자식 사랑을 감히 누가 헤아릴 수 있을까. 사랑하는 가족의 눈물마저 뒤로 한 채 손에 칼을 잡고 전쟁터로 달려가는 장군 부자와 아브라함 부자가 참 많이도 닮았다.

그 시절 보통 사람들은 장군의 용감한 결단을 무모하다 하였을 것이다. 하지만, 결단이 행동으로 이어지자 이에 놀란 가족들과 통진 백성 모두가 눈앞이 캄캄했을 것이다. 적군 만 오천여 명과 용감하게 싸우다 순절한 칠백 의사(義士)의 숭고한 영혼들을 위해서, 하늘 도성 문지기는 잠가놓은 빗장을 얼른 열어놓았으리라. 지금까지 나를 지켜준 신앙처럼 믿고 싶은 대목이다. 세상살이 힘들어 갈피 잡기 어려운 이 시대에 장군의 나라 사랑 백성 사랑을 마음속에 새겨놓고 오래오래 지우지 말아야겠다. 그리고 그분의 효심도 우리 자녀들에게 귀에 못이 박히도록 가르치고 또 가르쳐야 할 일이다. 더구나 "효와 애국"이 단어 자체가 사라져가는 작금이어서 더 그렇다.

책장을 넘길 때마다 눈물 콧물이 뚝뚝 떨어진다. 왜란이 일어나자마자 전쟁터로 달려가신 장군의 나라 사랑이여! 청주에서 왜군을 격파하신 후, 그해 팔월 금산 연곤평에서 아들을 비롯하여 칠백 의병들과 함께 전사하신 장군을 논하는 게 죄송해서인가. 아님, '친구를 위하여 제 목숨을 내놓는 것보다 더 큰 사랑은 없다' (요한복음 15장 13절)라는, 성서 말씀을 몸소 실천하신 장군께 나 자신이 부끄러워서인가! 비우지 못하는 눈물의 찌꺼기가 한꺼번에 녹아내리는 모양이다.

* 1 보물 제1007호
* 2 구약시대, 제사를 지낼 때 통째로 태워 바치는 양
* 3 지금의 월곶면

"사람이 언제 죽습니까?"

질문을 던진 분께서 '사람들의 기억에서 사라질 때'가 바로 죽음을 맞이하는 것이라고 한다. 맞는 말이야 맞는 말을 이제야 알게 되었다니. 나도, 사람들에게 잊히지 않으려고 무던히도 애를 쓴다는 사실에 '속물이야' 하면서 몸서리를 쳤다.

농사라고 해야 남들의 비하면 소꿉장난이다. 그런데도 농사일에서 헤어날 날이 별로 없으니, 농사경력이 이십여 년이 넘었는데도 아직도 일솜씨가 서툴러서인가 했다. 하지만 거기에는 농약을 덜 줌으로써 우리 농산물을 먹을거리로 선택한 사람들에게 최선을 다하려는 노력도 포함되어 있다. 또한 질 좋은 농산물을 소출하면서 그 들의 마음이 나에게서 떠나지 않기를 바라는 마음이 간절하다.

가족처럼 지내는 동식물을 볼 때면, 그들 나름대로 부단한 노력을 하고 있음을 알 수 있다. 일 년에 한 차례 새빨간 꽃잎을 피우는 작약을 바라보노라면 황홀하기 그지없다. 계단 아래 수돗가에서 꽃을 피우기 때문에 하루에 수도 없이 마주친다. 혹시라도 노란 꽃술이 밤사이에 내리는 이슬에 젖기라도 할까 봐 꽃잎을 포개는 예쁜 고것들이 '나를 봐주세요.'라는 듯 아침마다 활짝 열기를 반복한다.

텃밭 한 귀퉁이에 부챗살처럼 활짝 꽃을 피우는 자귀나무의 우아함이라니…. 그도 밤이 되면 잎사귀를 모두 오므린다. 넝쿨에서 샛노란 꽃을 피우고 실기둥을 땅속에 박은 후에야 열매를 맺는 땅콩도 밤에는 푸른 잎을 모두 접어버린다. 내가 식물학자도 아니고 그들의 그런 행위에 대해서 아는 바가 별로 없지만, 그들 나름대로 살아가는 방법이려니 한다.

나에게 한시도 눈을 떼지 못하는 강아지들, 어느 자식이 저들처럼 나를 따르고 기쁨을 안겨줄지 할 때도 있다. 아침에 일어나 창문 너머로 녀석들을 바라보아도 그렇다. 사람의 기척을 용케 알아차리고 꼬리를 살래살래 흔들고, 현관문을 여는 순간부터, 마당 가를 거닐 때도 눈동자가 나에게 꽂혀 있다. 또 사람처럼 눈동자를 맞추면서 재주 부리기를 좋아해서, 일어서서 앞발을 내 손에 얹어 놓겠다고 두 놈이 경쟁할 땐 얼른 그 자리를 피한다. 내 발소리를 알아차리는 것은 기본이요, 남의 자동차 우리 자동차, 처음 오는 손님과 친척들도 구분을 아주 잘한다. 꽤 먼 거리에서 들려오는 자동차 소리도 알아듣고는 펄쩍펄쩍 뛴다. 밤마실이라도 가는 날에는 앞장서서 내가 자주 놀러 가는 집으로 향한다. 또, 대문 밖에 웅크리고 앉아서 외출한 제 주인을 기다리는 충성심에 감탄할 따름이다.

동식물도 사랑을 베푸는 제 주인에게 예쁘게 보이려고 노력하는데, 하물며 창조자의 으뜸 피조물인 사람들이야말로 몇 배로 더 노력해서, 생명을 부여하신 분께서 말씀하시는 삶은 살아야 하지 않을까 한다. 그분께서 눈에 넣어도 아프지 않은 사랑스러운 너로, 세상 끝 날에 '너를 기억하리라 잊지 않으리라' 하시는 그 말씀을 꼭 듣고 싶다. 그 때문에 망설이지 말고 나를 포기할 줄도 알아야 할 것이다.

공부해라, 책 읽어라, 막내딸의 종아리를 때리시던 우리 엄니, 지금 내 모습에 엄청나게 좋아하시겠지, 하지만 이미 여러 해 전 이승을 떠나신 부모님이시다. 나의 소홀함으로 얼마나 많은 나날이 적적하셨을지. 엉터리 딸내미를 그리워하며 섭섭함을 어찌 달래시고, 이제라도 하늘에 계신 부모님께 늘 감사하는 마음 자주자주 기억해야겠다. 이웃의 잘못도 용서하고 형제들과 우애도 돈독히 하면서 말이다.

까미야, 하미야

우리 집 청계에게 "까미와 하미"라고 이름을 지어주었다.

사람을 졸졸 따라다니던 병아리들이 변성기를 지나 큰 닭으로 성장해서도 여전하다. 내가 외출하거나 집에 돌아와 자동차에서 내릴 때도 기렸다는 듯이 득달같이 달려온다. 또 걷기 운동을 나갈 때도 대문 밖까지 따라오지를 않나, 운동을 마치고 돌아와 대문 안으로 발을 들여놓자마자 쪼르르 마중까지 나온다. 도대체 강아지인지 달구 새끼인지 헷갈리지 않을 수 없다.

까미와 하미가 부화한 지 6개월이 지나자 튼실한 암탉으로 성장을 했다. 한데, 달걀을 낳을 기미가 전혀 보이지 않는다. 쌀쌀한 날씨 탓으로 돌리고 봄이 오기를 기다리기로 한 어느 날이다. "꼬꼬야, 꼬꼬야" 하고 큰 소리로 불러도 들은 체만 체 울 넘어 비탈진 덤불 속으로 쏘옥 숨어 버리는 게 아닌가. '오호라 까만 달구가 예쁜 짓을 하려나 보네' 칡넝쿨이 얽히고설킨 덤불 속에 나 몰래 알 낳을 자리를 마련해 놓다니, 가랑잎으로 꼼꼼히 만들어 놓은 둥우리에 청알이 소복하다. 그날의 뿌듯함이야말로 밥을 먹지 않아도 배가 부르다. 그 후, 하루도 거르지 않고 달걀을 낳아 주는 달구가 신통해서 기왕이면 이름을 지어 주기로 했다. 하여, 궁리 끝에 까만 닭에게는 "까미" 하얀 닭에게는 "하미"라고, 이름을 지어 주었다.

고집 센 사람을 가리켜 '닭의 고집이라' 하고, 정신머리 없는 사람은 '닭대가리라' 하는데, 이 속설이 터무니없는 건 아닐지 했다. 3년째 병아리와 동거하면서 닭의 고집이 해도 너무하다는 걸 알았다. 알 낳기를 처음 시작한 둥우리는 물론이고 잠을 잘 때도 끝까지 같은 자리를 고집한다. 그것도 같은 형제끼리 말이다. 또, 알 품기 할 때도 다른 닭들이 비집고 들어와 알을 낳거나, 말거나 꼼짝도 하지 않은 채 버티기에 작전을 고수한다. 갓 부화한 병아리도 무리에서 이탈하는 녀석은 형제들을 불러대는 소리가 여간 시끄러운 게 아니다.

지난봄, 분양받아 온 병아리가 잘 자라서 가을에 알 품기를 할 때이다. 큰 닭들의 등쌀로 병아리가 부화를 제대로 할지 걱정이 되는 것이다. 내 생각이 옳지 않다는 사실을 금세 알게 되는 사건이 터지고 말았다. 10여 개의 달걀을 담아놓은 종이상자를 다른 곳으로 옮기는 실수를 한 것이다. 세상에나! 알을 품어야 할 암탉이 둥우리를 뛰쳐나가 대문 밖 남의 콩밭 속으로 숨어버리다니, 고집불통을 집으로 불러들이기까지 일주일이나 걸렸다. 별의별 짓을 다 해도 집으로 들어올 생각이 전혀 없는 달구가 대문 밖 소나무에 유인용으로 매어 놓은 수탉 곁으로 슬금슬금 다가오는 게 아닌가. 집으로 돌아온 달구가 동료에게 응징당하는 꼴이라니, 머리털이 다 빠지고 머리통과 볏의 색깔이 동일한 슬픈 달구 민대가리로 그해 겨울을 살았다.

처음에는 까미의 엉뚱한 행동을 보면서 고개를 갸우뚱했다. 하지만, "까미야 까미야" 하고, 부를 때마다 쏜살같이 달려오는 걸 보면 아마도 내 목소리를 알아듣는 것 같다. 그도 그럴 것이 같은 날 한 둥우리서 알을 품기 시작한 암탉 두 마리가 부화도 동시에 시켰다. 그러나 삐악 병아리와 설렘도 잠시, 어미 닭 한 마리는 품속에 든 병아리 다섯 마리를 고양이에게 몽땅 빼앗기고, 또 나쁜 어미년은 제 새끼를 마구 쪼아대는 게 아닌가. 하여, 갓 부화한 병아리 다섯 마리를 안방에 모셔놓고 주접을 떨어낼 때까지 다독이었다. 그 때문에 사람 냄새와 내 정성까지 기억하고도 남을 것이다. 어미 닭의 이해하기 어려운 행동 덕분에 바깥 날씨가 풀릴 때까지 병아리들과 따듯한 안방에서 동거하는 호사를 누릴 수 있었다.

아무 탈 없이 잘 자라준 병아리를 밖으로 내놓을 때가 되니 걱정이다. 어미가 돌보는 병아리는 큰 닭들이 함부로 어찌하지 못하는데, 어미가 포기한 내 병아리들은 큰 닭들의 횡포로 목숨을 부지하기가 불가능하다. 그 때문에 병아리들이 중 병아리로 자랄 때까지 거처할 장소를 따로 만들어 놓은 후, 햇살이 눈부시게 따뜻한 날 이사를 시켰다.

요즘, 까미가 보이지 않을 때는 "까미가 알 낳으러 간 모양이네" 하고 웃음을 주고받는 것도 우리 부부 일과 중 하나다. 게다가 쌀그릇을 놓아둔 장독대 쪽으로 달려오는 건 '방금 알 낳았으니 쌀 좀 주시오' 하는 신호다. 하미는 어떻고, 기척 없는 하미를 장난삼아 큰 소리로 불러 보았다. 이런 세상에나! 하미가 날개를 쫙 펴고 날아서 달려오는 게 아닌가.

가을 끄트머리에 김장하고 메주 쑤고 겨우살이 준비를 다 마쳤으니, 봄이 올 때까지 취미생활이나 하면서 그냥저냥 지낼 일이다. 추운 날씨가 대수냐며 날마다 계란을 낳아주는 까미에게 쌀 한 줌으로 보은하고 비탈진 덤불을 오가며 청란을 꺼내오는 즐거움에 겨울 마음이 포근하다. 이 기쁨은 짐승에 불과한 청계를 한 가족으로 생각하는 나의 몫이다. '사람이 사람의 안위를 걱정해야 사람이지' 이웃에게 손가락질받을지도 모를 일이다. 하지만, 닭들의 건강관리는 내 몫이어서 아침마다 더운물과 사료를 제공한다. 그들이 안겨주는 행복을 부지런히 퍼 나르는 겨울 손이 춥지 않아서 좋다. 이제, 곧 봄이 찾아올 터, 더불어 꽁꽁 언 마음도 따뜻하리라.

가며야 하며야

4장 어느 멋진 날

· 소소한 행복
· 좀머 씨 이야기
· 각방 예찬론
· 꽃송이가 서른
· 딱새와 동거
· 건너다보니 절터
· 수컷의 반란
· 텃세 살이
· 어느 멋진 날

오르지 못할 나무는 아예 쳐다볼 생각조차 하지 않는 것이 정신 건강에 더없이 좋다. 남들과 비교하다 보면 자신만 초라해지고 세상 불행을 혼자 떠안고 사는 기분이 들기 때문이다. 그래서 누구와 비교하기보다는 작은 일에도 만족하고 검소한 생활에 익숙해지니, 나와는 거리가 먼 행복이 늘 옆에 있음을 알게 되었다.

행복! 행복이라는 그분께서 나와 늘 함께함을 알기까지 꽤 오랜 시간이 걸렸다. 새집으로 이사를 하고도 감사의 기도를 드리기는커녕, 시골 생활이 불편하다고 남편에게 투정만 부렸다. 한데, 집들이 목적으로 방문하신 수녀님께서 "마리아 가정에 이 좋은 집을 장만해 주신 하느님 정말 감사합니다." 라고, 기도를 드리실 때 가슴이 뜨끔하고 얼굴이 화끈 달아오름을 느꼈다.

그 후부터 사소한 일에도 감사하고 어지간히 불편한 점은 참아보려고 마음을 다잡았다. 여름 내내 매미처럼 시원한 그늘이나 찾아다니는 사람들은 수확의 기쁨 또한 그들의 몫이 아닐 게다. 농사짓는 일이 힘겹기는 해도 기름진 땅이 있고 아직은 튼튼한 팔다리가 있으니 나름대로 보람도 있고 이렇게 뿌듯한 것을….

소소한 행복

농사를 짓다 보면 겸손한 마음이 쑥쑥 자라서 헤프던 씀씀이가 줄어들고 점점 알뜰해진다. 내 손으로 씨앗 넣은 농작물이 튼실하게 잘 자라주어 가을에는 알차게 수확하고 있으니 이 얼마나 감사할 일인가. 그러나 곡식을 거두어들이는 과정에서 어쩔 수 없이 곡식 알갱이들이 땅에 흘어질 때는 여간 속상한 것이 아니다. 더구나 사방으로 마구 흩어져서 손댈 수조차 없을 때는 새들의 먹이가 되어 버리고 만다. 가슴이 아려도 뾰족한 수가 없는 노릇이지만 흩어진 낱알에서 농작물의 소중함을 깨닫고 늦게나마 차츰 철이 들어가고 있으니 그나마 다행한 일이 아닌가 싶다.

선선한 가을이 무더운 여름을 꼴깍 삼켜 버렸으니 머지않아 된서리가 내리리라, 서리가 내리면 제일 안타까운 것은 호박잎, 고춧잎 안토시안이 풍부한 가지와 깻잎까지 폭삭 시들어 버리는 것이다. 붉은 고추를 다 따 들이고 난 후에는 아기 고추와 푸른 이파리가 가을 내내 우리 집 밥상에서 입맛을 돋워주는 효자이다. 이 아까운 것들이 며칠 내로 사라질 것을 생각하니 입맛까지 떨어지는 느낌이다. 푸른 이파리와 아기 고추를 따 들이면서 그동안 사소하게 다가온 행복을 떠올리니 금세 입가엔 잔잔한 미소가 번지고, 처음 텃밭을 가꾸면서 기뻐했던 일이 떠오른다.

여름 한 철 반찬으로 제격인 오이가 팔월이 다할 무렵에는 꼬부라지고 맛도 떨어진다. 제 몫을 다한 오이 넝쿨을 걷어내고 꼬부라진 오이를 잘 다듬어 김치 한 통을 담가 놓으니 그렇게 흐뭇할 수가 없다. 더구나 십여 일의 김치 걱정을 덜게 되었으니 새삼 알뜰해진 내가 대견하지 않을 수 있겠는가. 오이를 심어 가꾸는 솜씨가 좋아진 지금이야 지나가는 사람들까지 불러들여 한 바구니씩 따 주고 못생긴 오이는 대충 버리기도 하지만, 농사 초보 시절에는 꼬부라진 오이도 버리기가 아까워 김치를 담가 먹은 것이다.

이미 말라버린 넝쿨에서 따낸 풋강낭콩이 흰 쌀 속에 섞여 고소한 밥 냄새를 뿜어낼 땐 달아났던 입맛이 돌아온다. 누렇게 변해버린 포도나무 잎사귀를 들치면 남아 있는 포도 한두 송이가 제철보다 더 달콤하고 맛있다. 앙상한 가지만 남은 밤나무 아래서 주워 온 밤 한두 톨이 전해오는 쏠쏠한 재미 또한 사소한 것에서 오는 기쁨이다.

욕심을 버려야 네게 다가온다는 작은 행복이란 말처럼 그렇게 느끼기가 쉽지는 않다. 그러나 생각을 바꾸면 금방 달려오는 바로 그것, 오늘 서둘러 파란 고추이파리와 애 고추를 땄다. 너무 많은 고춧잎을 앞치마에 담았으니, 걸음걸이가 무척 불편하지만, 작은 행복이 치마 한가득 넘친다. 가스 불에 두 솥이나 삶아놓고 맛있게 먹어 줄 식구들을 생각하면서 행복이라는 이름의 그분도 함께하고 있음을 본다. 행복이라는 짧은 단어를 입에 올리는 순간만이라도 나도 남들처럼 행복의 주인공이 되고 싶다. 절반은 냉동실에 넣어놓고 절반은 햇볕에 바짝 말려서 무말랭이장아찌를 담글 때 곁들여 넣으면 그 속에서도 가을볕같이 따뜻한 행복이 따라오지 않을까 싶다. 입맛을 돋워 줄 짭조름한 장아찌 생각으로 오늘 밤도 가슴이 들떠 영 잠이 오지 않는 이

것도, 행복한 나만의 의미 있는 누림이다.

어린 시절 나무타기를 즐겨하던 아이가 성장하면서 만나게 되는 사람들을 재미나게 묘사한 작품이다. 그중 좀머 씨에 대한 이야기가 제일 많은 부분을 차지한다. 아이의 부모와 아주 예쁜 소녀와의 빗나간 약속, 앙칼진 피아노 선생님, 그리고 형, 자전거의 대해서도 아주 꼼꼼하고 재미있게 설명하고 있다.

"그러니 그냥 놔두시오."

'밀폐공포증' 환자 좀머 씨의 죽음을 침묵한 이유까지….

좀머 씨의 이야기 덕분에 까마득히 먼 나의 어린 나날로 여행하기 좋은 기회가 찾아왔다. 어릴 적, 심심할 땐 앞 논배미 둑방 미루나무 위를 올라가기를 즐겼으니, 그런 날은 가차 없이 엄마와 아버지 손에 싸리나무 회초리 들려지고 가늘고 하얀 내 종아리에 실핏줄이 터지는 날이다. 게다가 가을에는 친구네 감나무엘 어찌나 잘 올라갔던지…. 노랑머리 간 큰 계집아이가, 겁도 없이 그리했다.

좀머 씨 이야기

나에게 제한된 자유 왜? 이러실까, 그땐 부모님의 마음을 도무지 이해하기에 어려웠다. 이 재미나는 놀이를, 부모님 몰래 나무에 올라가는 일 또한 무척 어려운 일이다. 보나 마나 고자질쟁이 얄미운 언니가 부모님께 일러바칠 게 빤하니 말이다.

계집아이가 자치기와 사방치기, 딱지치기, 구슬치기 등등 주로 사내아이들이 즐겨 하는 놀이에 정신 팔려서 해가 넘어가는 줄도 모르고 놀기에 바빴다. 어둑어둑해서 집으로 돌아올 땐 뒷일은 굳이 설명하지 않아도 되리라. 가중 처벌, 그놈의 숙제를 하지 않아서다.

남편의 무모한 빚보증으로 가산이 기울어 텔레비전을 장만하지 못했을 때이다. 밖에서 뛰어놀다가 돌아온 큰아이가 수돗가에서 제 몸을 열심히 씻어대는 것이다. 그 이유를 알게 된 우리 부부는 곧바로 전자 매장으로 달려갔다. 덕분에 아이들 4남매가 12인치 흙 백 TV 속으로 빠져들어 갈 지경이던 일, 또한 아름다운 추억이다.

서울 수유리에 살 때이다. 아침에 잃어버린 두 살짜리 막내를 밤 열 시경

성북구 관내 파출소를 다 뒤져서 겨우 찾아낸 일이 있었다. 그 이후, 아이들 챙기는 버릇이 거의 병적이다. 그 버릇이 지금까지도 쭉 이어진다. 미련하기 그지없는 짝사랑, 진즉에 털어버렸어야 할 짝사랑을 말이다.

입속이 새까맣게 변하는 벚지를 볼 터지게 따 먹던 일, 진달래꽃으로 꽃방망이 만들던 추억들 다소 우스꽝스러운 기억까지 좀머 씨 이야기를 통해서 다시 살아났다. 맏이와 막내 그리고 둘째 오빠까지 하늘나라로 보낸 부모님의 마음을 자식 낳고서 알았다. 그 회초리가 부모님의 눈물겨운 회초리였다는 것도 말이다.

지은이. 파트리크 쥐스킨트

각방 예찬론

가정 문제를 연구하는 분의 말이다. '부부가 함께 있을 땐 서로 발가락이라도 맞닿아야 한다.'라고, 하지만 각자 방을 따로 쓰는 것도 꽤 홀가분하다. 구들장이 들썩일 정도로 코를 골다가 숨이 금방 멎을 것처럼 무호흡일 땐 신경이 쓰여서 밤잠을 설치게 마련이다. 이 남자, 줄담배 피울 적에는 줄여달라고 부탁도 해보았지만 들은 척 만 척이었다. 집안 곳곳에 가득 찬 불쾌한 냄새는 어쩌라고 말이다. 노상 챙겨 마시는 커피잔 설거지도 짜증 자체인데, 한 술 더해서 냉커피에 토스트까지 밭으로 내오라고 하신다. 함께 나이 들어가는 처지에 기세등등한 군주로 군림하려는 게 아닌가 싶다.

경운기 모터 소리와 별반 다를 게 없는 코골이가 안방 마누라의 작은 울림을 덮어 버리기 일쑤였다. 자기가 아플 땐 옆에서 시중 들어주지 않는다고 투덜거리면서 내 아픈 소리는 듣는 둥 마는 둥이 아니라 오히려 지청구다. 자기 손으로는 농사일 말고는 고작 세수하고 먹고 자는 일이 전부다. 자동차 운전도 하지 않아서 내가 성가실 때가 한두 번이 아니다. 조수석에서 운전 솜씨 형편없다고 잔소리할 땐 자동차 키를 던져버리고 싶을 정도로 자존심이 상한다. 매달, 등산가는 날에는 새벽 5~7시 사이에 군하리까지 태워다 주어야 하고, 밤 11시가 넘어도 모시러 나가야 하는 내 처지가 노비가 따로 없다.

이웃에게 상처받는 일 빈번해도 남편에게 하소연조차 할 수 없다. 제 마누라를 다독이는 게 아니라 번번이 남의 마누라 편을 들어서다. 위로를 받아도 시원치 않은데, 남편에게조차 외면당하는 내 처지가 한심스럽다. 이럴 땐 뒷감당 제대로 못 한 이 남자 한랭 기류 속에서 끼니를 대충 해결해야 하는 일이 발생하게 마련이다.

음주와 화투를 즐겨하지 않고 남들과 다툼도 거의 없다. 남의 재물 남의 여자 탐하지 않으니, 도덕적으로는 문제 될 것이 하나 없는 셈이다. 다만 그 완벽함이 나를 질리게 하고 또 자기 방식대로 살아 달라는 요구가 나를 힘들게 하는 부분이다. 하지만, 어쩌랴 하느님께서 평생 짝으로 주신 내 반쪽이니, 미운 정보다는 측은지심으로 살아가는 것이다. 부부가 각방을 사용하면 점점 정이 멀어진다고 한다. 맞는 말이기는 해도 나만의 공간을 소유하는 것도 그다지 나쁘지 않다.

이 남자 수술을 무려 일곱 번이나 했다. 수술실에 들어갈 때마다 묵주 알 굴리며 주님께 기구(祈求)하고, 마취에서 깨어날 땐 초점 잃은 동공을 보면서, 평생 불평하지 않겠다고 다짐하기 여러 차례다. 하지만 예전 일을 까맣게 잊은 채 나 역시 남편 못지않게 잔소리한다. 익숙지도 않은 농사일 잘하는 것만으로 감사할 일이다. 그러나 몸만 건강하면 얼마나 좋을지, 입까지 건강해서 툭하면 다툼이 일어나는 게 아닌가.

지금까지 맘고생 몸고생으로 살아온 시간이 아까워 어찌할 수 없는 노릇이다. 게다가 장성한 자식들 앞에서 추한 꼴 보이기는 더욱 싫다. 세상에서 제일 잘한 일은 지금까지 부부의 연을 놓치지 않은 것이며, 정말로 해보고 싶었던 일은 내 맘대로 훨훨 날아가는 것이었다. 제 마누라 드라마 시청하는 꼴 그저 이해를 못 하는 이 남자 TV 채널을 자기 맘대로 조정하면서, 각방 사용하는 즐거움을 만끽하고 있으니 내게는 참말로 다행한 일이 아닐 수 없다. 내 휴대전화 주소록에 '남의 편'이라는 낯선 인물이 존재했었다. 얼마 전 '의' 자를 삭제하니 '남편'으로 바뀌는 것이다.

부모님께서 지어주신 내 이름이 신상숙 마리아이다. 꿈속에서도 그리운 오빠가 결혼하자 새언니가 시누이인 내게 아가씨라고 부른다. 조카가 태어나면서 더불어 동네 고모가 되었다. 오빠와 언니는 동생이라 하고 형부는 처제라 한다. 언니네 아이들이 이모라 하고 시누이의 자식들은 외숙모라 부른다.

결혼하고 시댁에 내려오니 친척과 이웃사촌들이 *반살미를 하면서 새댁이라 부르기 시작했다. 딸아이가 출가했는데도 그저 새댁이라고 부르는 이도 있다. 자식을 낳고부터 자연스럽게 아이들의 엄마로 통한다. 시어머니에게는 며느리로 시동생은 형수, 시숙은 제수씨, 시누이는 올케로 조카딸에겐 큰엄마로 불린다. 딸애가 출가하자 웬 낯선 사내 녀석이 뻔질나게 드나들면서 새파랗게 젊은 내게 장모님하고 부를 땐 여간 당혹스러운 게 아니다. 며느리들에게는 나도 시어머니로 불리고 손아래 동서들에게는 형님이다. 큰아들 녀석이 군대를 다녀온 후부터 엄마가 어머니로 호칭이 바뀌었다.

결혼한 자식들에게 孫을 보았으니 나도 꼼짝 없이 할머니가 되었다. 막내아들은 누가 시키지도 않았는데, 중학생이 되자마자 곧바로 어머니라고 부르기 시작했다. 둘째 아들 녀석은 수년 전에 장가를 들었는데도 그저 애처럼 엄마라고 부른다. 외사촌 여동생은 언니라 하고, 오라버니는 당신의 자녀보다 나이가 한참 아래인 내게 이름을 부르지 않고 동생이라고 부르면서 하게체를 쓰셨다. 그 오빠를 생각하면 지금도 가슴이 따뜻하고, 엄동설한 꽁꽁 언 귓바퀴에 토끼털 귀덮개를 쓴 것처럼 따뜻하다. 예전에는 손아랫사람이라도 그의 부모를 생각해서 해라체를 쓰지 않고 하게체를 썼다. 하여 오라버니도 고모님을 존경하는 마음으로 동생에게 하게체를 쓰시는 것이다.

막내 녀석에겐 엄마 엄니 어무이로 호칭이 수시로 바뀐다. 그 어린 녀석이 생면부지 여자 앨 데리고 와서 장가를 들겠다고 법석을 떨어서 괘씸하기 짝이 없지만, 그만하면 며느릿감으로 참하다 싶어 결혼시켰다. 과년한 자식들을 줄줄이 출가를 못 시키고 전전긍긍하는 이를 보노라면, 여간 홀가분한 것이 아니다.

성당에선 마리아 자매로 불리고 수필지도 선생님은 신 여사님이라고 부른다. 어르신 성경학교 학생들과 시 지도 선생님께서 부족하기 이를 데 없는 나를 선생님하고 부르실 땐 어울리지 않는 호칭 같아서 송구스럽다. 출판사 사장님은 수필 원고를 넘겨받자마자 작가님 하고 금세 호칭을 바꾼다. 무슨 이유였는지 몰라도 관공서에서도 선생님이라 하는데, 이유는 잘 모르겠다. 신김포농협 초대 농가 주부 회장직을 2년 동안 역임한 관계로 회장님이라는 거창한 호칭도 따라다닌다.

게다가 사목 위원을 두 번이나 역임했으니, 분과장이라는 호칭과 남편의 친구에게는 아주머니라는 호칭도 따라다닌다. 대녀들에게는 대모님으로 불리고, 거실에 세든 남자 무촌과는 호칭이 따로 없이 여태 "어어"하고 부른다. 세상에는 정감 있는 단어가 수없이 많고 많은데 왜? 하필이면 제 마누라에게 "어어" 라니, 보석처럼 아름답고 귀한 "여보" 라고 부르면 벌금이 나오나 세금이 붙나 안타깝기에 그지없는 일이다.

'햇살 타고' 인터넷에서 사용하는 애칭이다. 쌀쌀맞은 이미지에서 벗어나 햇살처럼 따듯한 사람으로 기억되길 바라는 마음으로 온라인상에서 사용한다. 이웃사촌 손 여사는 사모님이라고 하는데, 남편의 직책 때문에 가끔 들었던 호칭이어서 별로 거부감도 없고 친근감마저 들어서 좋다.

나의 호칭을 세어보니 무려 삼십여 개가 넘는다. 각각 다른 호칭을 부여한 사람들과 따뜻한 친교를 이루었는지, 아님, 차가운 내 이미지 때문에 그들이 상처받고 가슴 시려하지는 않았는지 가끔 묵상한다. 내 삶의 한 자락에 얼룩이 있다면 치유하면서 따뜻한 사람으로 거듭나리라. 추운 겨울날엔 따듯한 햇살처럼, 캄캄한 밤에는 보름달처럼 자식들의 부모로 기억되기를 바란다. 내게는 정말로 과분한 선생님, 시인님, 여사님, 사모님의 호칭을 부여한 분들과 하느님의 사랑 안에서 따뜻하게 다가오는 대녀들에게도 아름다운 덕목으로 친교를 이루고 싶다.

큰 며느리의 대모님께서 "참 따뜻해 보이세요." 하고, K방송국 시청자 불만 신고센터 직원은 "이마에 나 행복해"라고, 쓰여 있으세요, 한다. 천 냥 빚을 잘 갚는 사람들의 이 얼마나 듣기 좋은 말인가. 늘 겸손한 마음으로 그분들의 정이 철철 넘치는 말솜씨를 본받아 나도 따뜻한 사람으로 거듭나리라. 서른 송이의 꽃들과 삶의 따뜻한 나날을 위하여.

* 갓 결혼한 신랑이나 신부를 일갓집에서 초대하는 일

누가 저 새들을 날짐승에 불과하다 했던가. 악천후에도 새끼를 포기하지 않는 저들이야말로 영물이 아닌가 싶다. 새들의 지저귐으로 새벽잠을 설친 때가 한두 번이 아니다. 그런데도 녀석들의 둥지가 눈에 띄지를 않는다. 내 집 근처에서 새끼를 낳아 기르는 녀석들이 신기해서 아무리 살펴봐도 먹이를 물어 나르는 모습만 보일 뿐이다. 제비들은 오히려 천적을 피하고자 사람이 거처하는 집에다 둥지를 튼다고 하는데, 내 집 근처에서 재잘대는 수많은 새 떼가 어디에다 둥지를 틀었을까? 서리가 내리면 나뭇잎이 다 떨어지고 가지만 앙상하게 남아있다. 초겨울 쓸쓸한 조팝나무 나뭇가지에 걸쳐 있는 빈 둥지를 보고서야 궁금증이 다소나마 풀렸다.

이젠, 녀석들의 낯가림도 끝나가련만 저것들이 아직도 나 몰래 새끼를 치고 있다. 나와 마주한 지 이십여 년이 훨씬 넘었는데도 내 마음을 몰라주다니, 아쉬워하던 차였다. 대문 앞 전신주 맨 꼭대기로 딱새란 놈이 자주 들락거리는 것이다. 게다가 주둥이에 벌레를 잔뜩 물고서 주위를 빙빙 도는 게 아닌가. 세상에나 저것들이 비바람을 어찌 피하려고 그 높은 곳에 둥지를 틀었을까? 새끼를 어떻게 기르려고 안타까운 마음 그지없다.

딱새와 동거

드디어 지난여름 박새 부부가 주방 가스 환풍구에 둥지를 틀었다. 처음 며칠은 여간 신기한 것이 아니었다. 하지만 가슴 설렘도 한순간, 인내심에 한계를 느껴야 하는 일이 벌어지고 말았다. 어미 새와 아비 새가 먹이를 사냥해 오는 횟수가 점점 늘어나면서 새끼들이 질러대는 소리가 어찌나 시끄러운지 도저히 참을 수가 없는 노릇이다. 궁여지책으로 환풍구를 '팡팡' 두들겨 보았지만, 처음에는 쥐 죽은 듯 조용하던 녀석들도 만성이 되었는지 그 짓도 별 소용이 없었다. 결국 내가 포기하고 얼른 자라서 떠나갈 때를 기다리는 수밖에 묘책이 따로 없었다.

어느 날 딱새가 지붕 물받이 홈통 속에서 '따다닥따다닥' 요란하게 쪼아대는 것이다. 알 낳을 자리가 마련되었다고 제짝에게 신호를 보내는가! 했다. 박새에 이어 딱새도 내 집에 깃들다니 이건 분명히 경사스러운 일이다. '저 새들이 전신주 꼭대기에서 내 마음을 들여다본 거야!' 그러나 기쁨도 잠시 녀석들이 둥지를 포기하는 일이 일어나고 말았으니, 마실 온 사람들이 떠들어대는 바람에 불안한 딱새 부부가 포르르 날아갔다. 새들의 짝짓기 철에는 등산객도 휘파람 부는 것조차 조심한다는데, 딱새가 집짓기 하는 옆에서 떠들어 댄 사람들이야말로 밉상 중 밉상이다.

곳간 *정미기 근처엔 방아를 찧을 때 흘려놓은 찌꺼기가 새들의 먹잇감으로 더없이 좋다. 그 때문에 여러 종의 새들이 먹이를 취하려고 찾아들게 마련이다. 그런데 딱새 수놈이 참새무리가 나타나기가 무섭게 잽싸게 달려들어 쫓아내는 것이었다. 저놈들이 먹이를 다툼하는 것인가, 싸움에서 밀려난 참새가 쩔쩔매나 했다. 어쩜! 딱새 주둥이에 벌레가 잔뜩 물려 있는 것이 아닌가. 이제야 낯가림을 끝내고 우리 집에 둥지를 틀다니 그렇게 반가울 수가 없었다.

하지만 참지 못하는 내 조급증 때문에 곳간 이곳저곳을 뒤져대기 시작했다. 갈대로 엮은 발 위에 부화한 새끼 네 마리가 소복하게 쌓여있는 회색 털을 비집고 노란 주둥이를 삐죽이 보였다. 목을 움츠린 채 죽은 듯이 꼼짝도 하지 않는 털북숭이를 손가락으로 툭툭 건드려 보았지만 목만 움찔움찔할 뿐이다. 비밀스럽기 이를 데 없는 녀석들 몰래 한 사랑을 어이없게 들키고 말았으니, 저것들이 얼마나 안타까울까. 새들의 애타는 심정을 무시한 채, 가슴 벌렁대며 남편과 아들에게 기쁜 소식을 알렸다.

이날 해 질 무렵 아비 딱새가 애간장이 녹아내리듯 울어대는 것이었다. 어쩌면 좋으랴! 내 궁금증 때문에 새끼를 포기하려고 슬피 울어대는 것 같아서 조바심이 났다. 다음 날 아침 해가 뜨면서 내 걱정도 말끔히 사라졌다. 초조하게 날 밝기를 기다린 내 앞에 녀석들이 먹이를 물고 나타난 것이다. 새끼를 지키려고 둥지 가까운 추녀 아래서 잠을 자던 녀석들이 사람의 손을 타고 말았으니, 잠자리를 옮기면서 새끼들에게 걱정하지 말라는 신호를 보냈을 것이다.

그 후에도 궁금증이 매일 매일 발동을 해서 새끼들이 커가는 모습을 막내와 번갈아 가며 들려다 보았다. 새끼들이 떠나던 날, 한쪽이 비어있는 둥우리에 두 마리 새끼가 눈을 깜빡이고 있었다. 천적에게 들켰나 걱정하는 순간 남겨진 두 마리도 포르르 날아갔다. 새끼들이 떠나버린 빈 둥지가 네 명의 자식을 키워낸 헐렁한 내 자궁처럼 쓸쓸하다. 그놈의 조급증 때문에 어린 것들이 날아가 버렸나 싶어 가슴이 철렁했다. 그러나 내 염려와 달리 어미 아비가 집 근처에서 뻔질나게 먹이를 물어 나르며 새끼를 돌보는 것이 아닌가. 딱새들은 제비와는 달리 날개가 덜 자란 상태로 둥지를 떠난다는 것을 나중에 알게 되었다.

농촌 생활에 활기를 불어넣는 생명체를 만날 때마다 마음이 편하고 즐겁다. 거기에다 딱새와 박새가 우리 집에서 새끼까지 쳤으니…. 새의 무리가 농작물을 망가트리기 때문에 홀대를 받기는 해도, 울창한 숲속에서 우짖는 꾀꼬리와 봄소식을 담아오는 뻐꾹새 울음소리에 부질없는 욕심을 내려놓을 수 있어서 좋다. 더구나 큰 기러기무리가 앞 논배미에서 휴식을 취하고 있으니, 영하 15도를 오르내리는 이 겨울이 마냥 춥기만 하겠는가! 딱새와 박새도 새끼를 이끌고 여전히 내 주위를 맴돌고 있으니, 삭막할 것 같은 농촌 생활이 이보다는 더 좋을 수 없다.

*가정용, 소형 방아. 딱새 수놈 곤줄박이처럼 생겼다.
암놈 참새와 비슷하다.

아직도 못다 한 미련이 남아서일까? 아니면 바보라서 내려놓지 못하는 일거리가 수두룩하다. 사랑의 이름으로 애써 빚어놓은 김치만두가 툭 터지는 게 시어머니 심술보 그대로다.

예전처럼 별의별 음식 장만 하느라 명절마다 등골 빠지는 고생살이 인제 그만 접어야겠다. 나이 든 손으로 그 짓거리 하려니 슬그머니 부아가 난다. 하여, 먹을거리 가지 수를 대충 줄이는 게 상책이다. 주책도 그런 주책이 따로 없다. 음식 맛 좋다는 너스레에 깜빡 속아서 골병드는 줄 모르고 제 몸뚱이 간수를 못 했으니, 나이를 먹어도 헛먹은 것이다.

명절마다 어른 모시는 집안에는 너나 할 것 없이 찾아오는 손님들로 문지방 높이가 낮아진다. 또 음식 장만도 장난이 아니어서 무척 힘들었다. 지금은 마당 넓은 집에서 밭농사 논농사까지 손수 짓고 있느니 먹을거리가 넘쳐난다. 월급쟁이 시절 작은 빌라에서 그 많은 음식을 장만하려니 큰 부담이 아닐 수 없었다. 그러나 세월이 흐르면서 부모님께서 돌아가시자 찾아오는 손님도 차츰 줄어들고, 음식 가짓수도 줄여서 부르튼 손이 정말 편하다.

건너다보니 절터

이제, 신체 나이가 꽤나 들었으니, 일거리가 무서울 만도 하다. 한데, 두부콩 불려놓고 한 술 더해서 도토리 녹말가루에 물까지 부어 놓았다. 매사가 이러하니 명절증후군이 2주 전부터 불거진다. 지난해 남들이 다 망친 콩 농사가 우리는 풍년이다. 마당 한편에서 두부도 만들고, 녹말가루를 넉넉하게 선물한 이웃사촌 덕분에 묵도 쑤어야 한다. 양은솥 아궁이에 장작불 지피는 일, 안방에 세든 남자가 거들기로 해서 그나마 다행이다.

따끈따끈한 음식이 완성될 때마다 아껴 두는 짓도 그만할 것이다. 무조건 남편과 둘이 얼른 입으로 가져갈 것이다. 아침상에 숟가락 숫자가 열대여섯 벌 정도이니, 명절 음식 아끼고 아끼다가 곰팡이 슬지 걱정할 필요도 없다.

며느리가 셋이다. 그러나 '*건너다보니 절터라'는 옛말이 지금 나에게 딱 들어맞는 단어다. 시어머니의 일손 덜어 줄 며느리가 아무도 없다는 거다. 누구는 아이가 어려서, 또 아이가 둘이라서, 직장 문제로 구구절절 사연도 가지가지다. 요즘, 버스 타고 시댁에 오는 며느리 눈 씻고 찾아봐도 보이질 않는 게 정답이다. 진즉에 마음을 비워놓아서 그나마 다행이다. 우리 엄마처럼 문 창호지에 침 바르는 짓거리도 하지 않고, 전화기에 눈길도 가지 않을 것이다. 자식새끼 포기하지 않으면 눈가에 다래끼가 솟아서 생으로 고생하게 마련이니 말이다.

그런데 풀지 못하는 숙제가 존재한다. 우리가 미성숙해서일까? 손자들에게 다소 냉소적이다. 거실 소파에 놓여있어야 할 방석이 공중으로 날아다녀도 애들 어미 아비가 손 놓고 있다. 딸 아들 며느리가 별반 다를 게 없다. 동물 농장도 아니고. 손자들이 오자마자 집안이 온통 쑥대밭으로 변할 때는 참을성에 한계를 느낀다. 또, 가족 공동체의 신뢰와 사랑이 무너지는 세상이 슬프다. 요즘, '아이들 다 그렇다.' 하는 이도 있다. 하지만, 내 생각은 좀 다르다. 사람은 사람답게 살아야 사람이지, 이러다간 온 지구가 근본을 상실한 인간들로 북적거릴 것 같아서다. 다음 명절부터 자식들에게 아침 식사가 끝나자마자 곧바로 제집으로 돌아가라 할 것이다. 어차피 뒷정리는 나 혼자 손으로 해야 할 일이니, 굳이 며느리들에게 부담을 줄 필요가 없다는 생각에서다.

우리 밭에서 수확한 콩으로 두부 만드는 날, 남편에게 친구들 모셔 오라고 했다. 두부로 명절 턱 낼 거라고, 퍼주기 좋아하는 버릇이 도져서 자초한 일이다. 하지만, 마당 가에서 왁자지껄 막걸릿잔 오갈 땐 마음이 아니 풍성하겠는가. 지나는 길손의 마음마저 훈훈할 것이다. 시골구석에 모처럼 명절다운 날이 오는가 보다. 앞치마 주머니에서 핸드폰이 울린다. 막내 부부가 긴 연휴 덕분에 엄마 일 도와주러 오신다나, 어쩐다나, 서쪽에서 해가 뜰 일이다. 두부 만들고 만두 빚을 때, 막내며느리가 거들어서 한결 수월하다. 짧은 햇살이 도란도란 모여드는 걸 보니, 절터는 아닌가 보다. 겨울 햇살도 사람의 정이 그리운 모양이다.

수컷의 반란

어느 날 반려견 방울이의 목줄이 풀렸다. 닭들에게 아침 모이를 주려고 닭장 문을 여는 순간 녀석이 닭장으로 뛰어 들어와 내가 애지중지 아끼는 청계를 덥석 물어버리는 게 아닌가. 손에 잡히는 몽둥이로 놈의 등짝을 사정없이 내려치자 물고 있던 암탉을 얼른 놓아버리고 도망쳤다. 놈에게 물어뜯긴 불쌍한 내 달구는 꽁지가 몽땅 빠져서 원숭이 엉덩이다.

우리 남편, 남의 집 바둑강아지가 예쁘다고 마누라를 조르고 또 졸라, 내 손으로 길들여 놓은 강아지와 교환해 왔다. 거실에서 기르고 싶을 정도로 귀여운 녀석이 커 가면서 온갖 말썽을 다 부리는 것이다. 울 너머 오가는 사람들은 물론, 산기슭 들짐승들의 기척에도 밤새워 짖어대니 밤잠을 제대로 잘 수가 없었다. 겨울철 걷기운동 할 때도 나를 앞질러 가며 사방팔방 뛰어다니는 건 기본이고, 논배미에 내려앉은 기러기 떼를 쫓아다니는 바람에 놀란 기러기들이 '꽥꽥' 소리치며 날아가 버린다. 녀석의 말썽 덕분에 보기 드문 구경거리가 이기울 들녘에서 펼쳐지기도 한다. 기러기들이 무리 지어 하늘 높이 날아갈 때는 빨간 맨발과 배가 보이는 모습은 그야말로 장관이다. 이 진풍경을 혼자 보기 아까워 누구라도 부르고 싶었다. 움직이는 물체에 민감한 녀석이기에 조심하였는데도 내가 보는 앞에서 황당한 일이 벌어진 것이다 .

그렇게 두들겨 맞고도 악을 쓰며 부르자 꼬리를 내리고 다가오는 것이다. 놈을 단단히 잡아매 놓은 후 닭장을 들여다보니, 세상에나 내 달구들이 몽땅 사라졌다. 이런 어처구니가, 이 넓은 공간에서 어떻게 찾아야 하나 답답한 노릇이다. 무조건 후미진 곳부터 찾아보기로 했다. 잡동사니를 올려놓은 진열장 뒤를 혹시나 하고 들여다보았다. 좁은 틈바구니에 우스꽝스러운 모습으로 숨어있는 암탉들에게 실소를 금할 수 없었다. 얼마나 다급했으면 저 모습으로 숨었을지, 대가리를 구석에 처박은 달구들 나름의 지혜가 발동하였으리라. 사방으로 흩어진 달구들을 닭장으로 몰아넣은 후, 마릿수를 세어보니 암탉과 수탉이 한 마리씩 모자란다. 모자라는 암탉을 찾으려니 진땀까지 난다. 어디에 숨었는지 깜깜무소식인 암탉을 속는 셈 치고 '구구 구'하고, 불러보았다. 세상에나! 내 목소리를 알아듣다니, 닭장 옆 복숭아나무 위에서 '구구 구'기척을 한다. 세상에나 집 나간 서방이 돌아온 것처럼 반갑다.

마누라 열세 마리를 버려둔 채 저만 살겠다고 줄 행낭을 친 수놈이야 찾을 생각도 하지 않았는데, 남편이 말하기를 "수놈이 들어와서 닭장 문 열어주었어요."라고 한다. 저만 살겠다고 도망친 놈에게 문을 열어주다니, 오후에 어슬렁어슬렁 나타난 놈 나에게 걸렸으면 반죽음이었을 터, 그날 수탉과 개놈의 반란으로 정신머리 들락날락했다. 수탉에게 구박을 퍼붓기는 했어도 고개가 갸우뚱한다. 대문 밖으로 도망 나간 녀석, 종일 어디 숨어있었는지 또 제집이라고 찾아오는 꼬락서니 하며, 아침마다 밥 챙겨주는 나를 제 마누라들에게 해코지하는가 싶어 날카로운 발톱으로 덤벼드는 놈, 덩치가 저보다 왜소한 강아지가 그리 무서운 존재였나 싶다.

병아리와 강아지가 한 가족처럼 지내는 게 우리 집이나. 텃밭에서 가을걷이를 끝내자마자 이듬해 봄까지 닭장을 활짝 열어놓는다. 우리 집 강아지들 제 밥그릇에서 달구들이 사료를 먹거나 말거나 본체만체한다. 한데, 닭들의 존재를 받아들이지 못하는 바둑강아지가 일 저지레한 것이다. 그 덕분에 녀석의 주인이 강화 사람으로 바뀌었다. 지난가을 반려견 주니가 중성화 수술 후 2주 정도 지나자 시름시름 아프더니 우리 곁을 떠나고 말았다. 강아지가 떠나던 날, 밭으로 나가면서 "주니야 엄마 다녀올게"라고, 손을 흔들자, 꼬리를 살래살래 흔드는 것이다. "주니 갔다"라는 남편의 소리를 듣자마자 점심 준비로 바쁜 손 얼른 내려놓고 개장으로 쏜살같이 달려갔다. 잠자는 듯 누워 있는 녀석이 두 눈을 꼭 감은 채 잠잠하다.

검불처럼 가벼운 녀석을 흰 종이로 곱게 싸매어 남편과 텃밭 가장자리에 묻어줄 땐 눈물샘이 열리고 또 열렸다. 미안하고 불쌍해서, 나만 바라보는 검은 눈동자가 아른거려서다. 시샘도 많은 녀석이 어찌나 극성스러운지 야단을 많이 쳤다. 못다 한 사랑을 보상하는 마음으로 머리는 북쪽을 향해서 다리와 배는 서쪽을 향해 눕혀놓고 황토로 덮어주었다. 그리고 들짐승들의 피해를 막기 위해 구들장까지 얹어놓았다. 함께 살기가 버거운 바둑강아지를 생면부지 강화 사람에게 넘겨주는 마음도 매한가지로 언짢았다. 그 야단법석인 와중에 엉덩이가 빨간 암탉이 푸르스름한 달걀 한 개 낳았다. 그나마 다행이다. '신통방통' 이란, 이럴 때 사용하는 단어다.

농촌 사람은 누구나 이웃과 오순도순 어울려 살아야 한다. 옛 어른들 말씀이 이웃은 사촌지간이라 하지 않으셨던가. 더구나 농사일은 혼자 힘으로 감당하기 어려운 일이어서 품앗이가 꼭 필요하다. 하지만 농기계가 발달하면서 품앗이의 정겨운 풍습도 서서히 사라지고, 대신 끼리끼리 문화가 자리를 잡아가는 추세이다. 게다가 농기계 사용료와 천정부지로 치솟은 품꾼의 품삯이 농산물 수확량의 단가를 앞지른 관계로 나이가 든 사람이나 젊은 사람이나 전부가 호락질이다. 하여, 농사철에는 자식들이 주말마다 부모님이 농사지으시는 시골집으로 득달같이 달려온다.

우리도 남들과 다를 게 없어서 농기계 주인에게 기계 사용료와 사람의 품삯을 지불하며 논농사를 짓고 있다. 그나마 밭농사는 수작업이 가능해서 남편과 둘이 밭에서 살다시피 한다. 어렵사리 수확한 농산물의 가격과 품질을 문제 삼을 때는 내가 너무 초라해 보여서 눈물이 쏙 빠지고, 그 사람의 너그럽지 못한 됨됨이가 자꾸만 눈에 거슬리는 건 어쩔 수 없는 일이다.

부모님께 물려받은 자갈밭 4백여 평을 집터로 잡아놓고 빨간 벽돌집을 지었으니, 토박이들과 농경지 이웃들의 싸늘한 눈초리를 묵묵히 감당해야

텃세 살이

할 몫이다. 하지만 그들의 부당한 처사를 입 다물고 있으려니 창자가 뒤틀릴 때가 한두 번 아니다. 더구나 모내기 후 물꼬 관리는 내 몫이어서 논두렁을 오갈 때마다 좁은 소갈머리가 구시렁거린다. 시부모님께서 농사지으실 땐 우마차가 드나들던 논두렁, 우리가 농사지으면서 행정기관에 도로 사용료까지 납부하는데, 당연시해야 할 발길조차 편치가 않으니, 왜 아니겠는가?

논두렁 관리는 위 논배미 주인의 몫이어서 이른 봄 가래질이나 여름철 풀 깎기 할 때도 아래 논 임자가 본체만체해도 탓하지 않는 게 이 동네 풍습이다. 한데, 염치가 사라진 아래 논배미 임자는 논 평수를 늘려 볼 심사로 야금야금 삽으로 논두렁을 깎아내리는 것이다. 기껏해야 벼 두어 줄 더 심으려고 안간힘을 쓰다니, 정말로 안타까운 일이다. 터무니없는 사람들도 세월 앞에 무릎을 꿇고 말았으니, 일부는 돌아가시고 일부는 농사일에 손 놓은 상태이다. 그들이 저질러 놓은 엉터리 경계가 아직도 존재하는 건 그들의 후손이 고스란히 대물림받아서 일게다.

우리가 집 지을 때, 이웃 농지와 경계를 측량한 기사가 경계선에 말뚝을 박아놓았다. 한데, 앞 논배미 주인은 남의 땅 경계 말뚝을 멋대로 뽑아버리는 게 아닌가. 어쩔 수 없이 비용을 또 지불하고 측량을 다시 했다. 측량하는 날 본인이 직접 말뚝에 쾅쾅 망치질까지 하고도 심술보가 가라앉을 기미가 전혀 보이질 않는다. 정말로 안타까운 건, 어느 신부님께 선물 받은 건강한 진돗개가 갑자기 펄펄 뛰다가 숨이 멎은 일이다. 하니, 그들에게 살가운 정이 솟아날 리 만무하다. 왜? 저리들 하는 건가. 궁금증이 도져서 심술보 영감과 텃밭 이웃에게 물어보았다. 논배미 이웃은 눈꼴이 시어서, 텃밭 이웃은 우리 집 건물이 자기네 밭으로 뜨는 해를 가려놓아서 불편하다나, 이건 우문에 억지 명답이 아닐 수 없다.

그나마 여기까지는 양반에 속한다. 우리와 논두렁을 함께 사용하는 이 사람, 우리 논두렁에 설치한 관정(灌井)을 제멋대로 사용하는 건 기본이고, 사용 후 차단해야 하는 전기 스위치조차 여름 내내 방치하기 일 수다. 그 때문에 그의 논배미 물관리도 내 몫이었다. 참을 인(忍)을 상실한 어느 날, 관정 사용 관계로 강녕포 삼거리에서 대판 싸워서 내가 이겼다. 이웃과 얼굴 붉히는 일 피하려고 입조심 말조심을 하는 와중에 음의 높이가 최고로 올라간 것이다. 내 입에서 뛰쳐나간 말이 어찌나 발 빠르게 이 동네 저 동네로 돌아다니는지, 다시 내게로 돌아오기까지 두어 시간 정도이면 족한데, 싸움질 사건이 십여 년 훌쩍 지났는데도 아직 내 귀가 잠잠하다.

동네 사람들 농사일에는 모두가 박사들이다. 서툰 농사일 박사들에게 물어가면서 콩 심고 팥 심고 고추 모종도 심어야 하는걸, 그냥 내 멋대로 밭농사를 지었으니, 토박이들에게 얄미운 사람으로 보였을 것이다. 더구나, 서툰 솜씨로 심어놓은 작물마다 풍성하게 열매를 맺어놓아서일까? 어쩌다 모르는 게 있어서 이웃에게 물어보아도 “나는 모른다. 그냥 알아서 대충해라”로 일관이다. 고약한 농촌 인심을 탓하기보다 그들과 어울림이 부족한 나를 뒤돌아볼 일이다. 지금은 농사 정보를 손에 들고 다니는 전화기에 물어물어 해결하는 일이 다반사다. 해서, 농업 박사들에게 아쉬운 소리 할 일도 없다.

우리 남편 말하기를 '내가 어릴 적에는 남남끼리도 동기간처럼 살갑게 지냈는데' 한다. 그 이야기를 들을 때마다 외부로 달아난 사람들의 착한 심성이 도래하길 바라는 마음 간절하다. 자, 이제부터 가슴속에 담아 둔 생각을 행동으로 옮길 차례이다. 우선 마음의 문부터 활짝 열고, 무거운 철 대문도 닫지 말아야 할 것이다. 또, 여름 과일 가을 과일 잔뜩 심어놓은 텃밭에서 오가는 사람들에게 목청 높여 고하리라. "어서 대문 안으로 들어오시오, 오셔서 단내 나는 과일 주머니 가득 담아 가세요."라고, 말이다.

한데, 경계 말뚝 사라진 자리에서 하루가 다르게 쑥쑥 성장하는 호두나무가 자꾸자꾸 눈에 거슬린다. 지붕 위로 치솟은 나뭇가지가 전기선과 인터넷선을 하늘로 들어 올리고 있으니 왜 아니겠는가, 더군다나, 왕성한 나무뿌리가 벽돌 담장을 넘어뜨리는 건 아닐지 싶어 노심초사이니 말이다 .

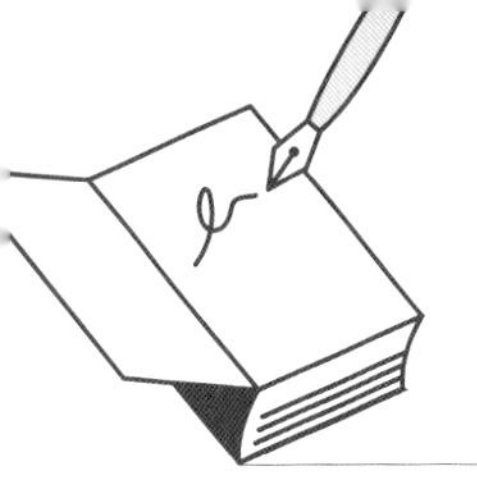

여름이 기울어가는 어느 날, 다섯 명의 여자가 일상에서 탈출했다. 전날 수확한 붉은 고추를 식초에 희석한 물로 씻어놓고, 조리 기구 사용이 서툰 남편의 식사 준비도 해 놓았다. 약속 시간에 늦지 않으려고, 물기가 대충 마른 고추를 채반에 담아서 건조기로 옮기는데, 등줄기로 흐르는 땀방울이 장난이 아니다. 그럼에도 집을 떠나는 해방감과 홀가분함이라니, 그냥 좋기만 하다.

매주, 한자리에 모여서 말씀 공부하던 여자들이 30여 년이 훌쩍 지나서야 강화 민박집에서 일박하기로 한 것이다. 논산에서 올라온 그녀와 일상을 미뤄 둔 채, 우리들은 젊은 날의 순수함으로 되돌아가 맘껏 수다를 떨었다. 나보다 나이가 한 참 아래인 자매가 운전하는 차 속에서도 아이처럼 들떠 어쩔 줄 몰랐다. 더구나 내가 운전하지 않으니, 이보다 더 좋을 수가 없다. 동검리 식당에서 마음의 점을 찍은 후, 이층 커피숍에서 바다를 바라보며 마시는 블랙커피의 맛이라니, 바다를 배경으로 단체 사진도 찍고 혼자서도 찍고, 마치 수학여행 나온 학생이나 다름없다.

내가 그녀를 처음 만난 건, 성가대에서 봉사할 때, 새로 부임한 J수녀님이 바로 지금의 그녀다. 오르간 반주도 직접 하면서 성가 발성 연습까지 여간 정성을 들이는 게 아니었다. 게다가 주 일회 그룹 성서 모임 때도 가르치는 수녀님이나 배우는 우리들이나 은총과 기쁨으로 가득 채워진 나날이었다. 내 배움의 성장도 그때 정점을 이루었으리라.

이렇게 함박눈이 내리는 날에는 잡다한 생각이 사라지고 옛날의 그 수녀님 생각으로 웃음꽃이 솔솔 피어난다. 어느 날, 성가 연습을 마치고 성당 마당으로 나온 우리에게 함박눈이 쏟아지는 게 아닌가. 이 멋진 날, 장난기가 발동한 우리들은 누가 시키지도 않았는데, 맨손으로 수녀님에게 눈 뭉치를 던지기 시작했다. 사제관에서 이를 지켜보시던 본당 신부님도 밖으로 나오시어 겁 대가리 상실한 여자들에게 눈덩이 세례를 받으시며 즐거워하셨다. 손이 시려오는지 발이 시려오는지도 모르는 채, 개구쟁이처럼 장난치는 이 광경을 사진 찍는 사람도 있었으니, 그 사진 내 사진첩에 여태 보관 중이다. 지역 신문 한 페이지에 나올 법한 정겨운 눈싸움 이야기가 잠잠한 건, 우리 성당이 민가에서 한참 떨어진 언덕에 자리하고 있어서다.

우리 본당에서 소임을 마치고 타 본당으로 떠난 후에도 여전히 소식 전하던 수녀님이 30여 년의 수녀원 생활을 접으셨다 한다. 하지만, 나는 이유를 묻지 않고 그의 선택을 존중하기로 했다. 친구처럼 온갖 고민 다 들어 주던 그녀가 아직도 내 마음속에는 영원한 맨토로 수녀님으로 남아있어서다.

세끼를 꼬박 챙겨 드시는 남편과 농사일 때문에 여행이라는 단어조차 낯선 나날이다. 한데, 이 바쁜 와중에 그녀가 휴가를 내고 논산에서 올라온다니, 그 덕분에 다섯 여자에게 1박 2일 함께 할 기회가 주어진 것이다. 동검리에서 즐겁게 보낸 후 정수사 아래 숙소로 돌아와 두 다리 쭉 뻗고 푹 쉬었다. 저녁 식사를 하기로 한 식당까지 왕복 걸어서 30분 정도 소요되는 거리다. 나이 든 여자들의 길거리 수다가 누가 보거나 말거나 다. 저녁 식사 후, 늘 엄마 걱정하는 자동차 운전 담당 자매는 다음 날 아침 다시 오기하고 엄마가 계신 통진으로 떠나갔다. 해서, 남겨진 여자끼리 더운물이 펑펑 나오는 정갈한 민박집에서 자정이 넘도록 수다를 떨었다. 수십 년 차곡차곡 모아놓은 사연들이 세상 밖으로 뛰쳐나올 기회가 주어졌으니, 배꼽 잡는 수다로 새벽이 밝아오는 줄도 모른 것이다.

다음 날 아침 식사는 민박집에서 제공하는 구운 식빵과 쑥 개떡, 그리고 음료수로 해결했다. 전날부터 내리던 가을비가 아침까지 계속 내린다. 그 때문에 아침 운동 삼아 정수사에 오르려던 계획은 포기하고, 전등사로 향했다. 우산을 쓰고 전등사로 오르는데, 평일인데도 불구하고 뭔 사람이 그리 많은지 우산과 우산이 부딪칠 정도다. 방문객을 위해 사찰에서 준비해 놓은 화장실에는 '해우소'라고 명패가 붙어있다. 방문객이 머무는 곳마다 해우소가 있어서 방광이 허술한 난 여간 다행한 게 아니다. 많은 사람의 발길이 들락날락하는데도 화장실 내부가 어찌나 깨끗한지, 숨은 봉사자들에게 저절로 감사하는 마음이 들었다.

가을비가 계속 내리는 관계로 절 구경을 대충 끝내고 내려올 수밖에, 내려오는 길 양쪽으로 즐비한 묵밥 집에서 점심을 해결하기로 했다. 식단은 묵사발과 산나물로 채워졌는데, 도토리와 산나물은 자기네가 직접 채취한 거라니 믿거나 말거나 다. 1박 2일의 꿀처럼 달콤한 시간이 뭐가 그리 바쁜지 쏜살같이 달아났다.

수녀님, 우리 본당에서 소임 할 때부터 무척이나 아팠다 한다. 세상에나! 처음 들어보는 병명이다. 옆에 있을 때 잘했어야지 아픈 줄도 모르고 지나쳤으니, 그때 내 눈치가 엄청 아둔했나 보다. “다음 여행지는 제주도로 합시다.”라는 내 말에 “그리하세요.” 휴대전화 속 그녀의 대답이 텃밭에서 방금 딴 노랑참외처럼 싱그럽다.

까매야 하매야

개떡 같은 말

5장 꺼병이의 가을

농촌에 살면서도 어미 제비가 새끼에게 먹이를 물어 나르는 모습을 좀처럼 보기 드문 일이다. 그런데 녀석들이 어디서 번식했는지 숫자가 눈에 띄게 늘었다. 눈 비비고 일어나자마자 현관을 나서면 잔디밭 위를 닿을 듯 말 듯 날고 있는 녀석들과 눈 맞춤한다. 아마도 밤사이 내린 이슬 때문에 방아깨비가 빠르게 움직이지 못하는 틈을 타서 잽싸게 사냥하는 것 같다. 어떤 녀석은 주둥이가 미어터지게 벌레를 잔뜩 물고 있는 걸 보니, 어린 새끼에게 먹이려고 얼마나 열심히 사냥했을까 싶다.

추녀 끝자락 전깃줄에 제법 여러 마리의 제비들이 앉아서 부산을 떤다. 그렇게 열심히 먹이를 물어 나르더니 건강하게 키워낸 새끼를 이끌고 바깥나들이 나온 모양이다. 서로 몸 비벼가며 재잘거리는 것이 하도 신기해서 자세히 살펴보니, 몸집이 자그마한 새끼 주위를 어미 아비가 빙빙 돌고 있다. 다 자란 새끼에게 바깥 구경을 시키면서도 마음이 놓이지 않은가 보다.

내가 어릴 적에는 제비 새끼가 귀찮아서 못살게 굴기도 했는데, 세월이 변해서인지 반갑기까지 하다. 지금이야 튼튼한 전깃줄 덕분에 앉을 곳이 많지만, 예전에는 나뭇가지나 빨랫줄이 녀석들의 유일한 쉼터였다. 바낭 가에

제비 하늘 높이 날다

길게 매어놓은 빨랫줄이 비어있는 날이면 무리를 지어 내려앉은 제비들로 빨랫줄이 진흙투성이다. 추녀 아래 집짓기 할 때도 주둥이에 물려있는 진흙 덩이를 떨어뜨리기 일쑤였다. 그 때문에 마룻바닥이 지저분해져서 보통 짜증이 나는 게 아니다. 게다가 날갯짓할 때마다 날리는 깃털과 먼지가 마룻바닥으로 떨어지니, 시원한 마루에서 온 가족이 식사하는 것조차 어려운 일이다.

어미 아비가 먹이를 물어 올 때는 서로 먼저 먹겠다고 빨간 입속을 드러내며, 네다섯 마리가 한꺼번에 질러대는 소리가 어찌나 시끄러운지 조용할 틈이 없다. 더구나 새끼들이 보금자리를 떠나갈 즈음에는, 똥 받침까지 내려와 푸드덕푸드덕 날갯짓을 해댄다. 이럴 땐, 털 속에 기생하는 벌레가 마룻바닥으로 떨어져 사람에게 옮겨오기 마련이다.

지금처럼 벌레 잡는 약이라도 있었으면 오죽이나 좋을까? 지저분하기 이를 데 없는 녀석들, 반갑기는커녕 오히려 집짓기 시작하는 곳에 두꺼운 종이를 붙여 놓았다. 그것도 모자라서 둥우리를 헐어버리기까지 했으니…. 그렇게 해도 절대로 포기하지 않고 붙여놓은 종이를 뜯어내기까지 하는 집요한 녀석들에게 내가 먼저 양보하고 똥 받침을 해주었다.

새끼들이 배설하는 모습 또한 가관이다. 먹이를 물고 온 녀석은 꽁지를 둥우리에 착 붙이고 두 발로는 둥지를 움켜잡은 채 새끼가 똥 싸기를 기다린다. 먹이를 먹고 난 새끼가 궁둥이를 둥우리 밖으로 돌려대고 하얀 색깔의 그것을 삐죽이 내밀면, 땅바닥에 떨어질세라 주둥이로 받아 물고 멀리 날아간다. 어미, 아비가 없을 때도 쉴 새 없이 떨어지는 똥 때문에 마루와 봉당을 수시로 비질해야 했다.

사람들은 초가집을 지을 때, 잘게 썬 볏짚을 황토에 섞어서 물을 붓고, 발로 밟아가며 반죽한다. 반죽한 흙덩이를 벽에 바르고 방구들 놓을 때도 그 흙덩이를 사용한다. 지붕공사에도 수수깡과 싸리나무를 촘촘히 엮어 서까래 위로 올려놓은 다음, 진흙으로 틈새가 보이지 않도록 꼼꼼히 바른다. 이엉으로 지붕을 덮은 후, 굵은 새끼줄로 묶어놓으면, 여름에는 시원하고 겨울에는 아주 따뜻한 집으로 완성되는 것이다.

녀석들이 초가지붕이 좋다는 걸 알았는지, 아니면 사람들의 집 짓기 기술을 터득했는지, 논갈이를 해 놓아 비교적 진흙 구하기가 쉬울 때 집 짓기를 시작한다. 진흙과 지푸라기를 물로 적시고 주둥이로 다져가며 야무지게 반죽하는 모습이 흡사 사람이 하는 것과 비슷하다. 반죽한 진흙을 주둥이로 물어 나르며 서까래 사이에 차곡차곡 쌓아 올리는 솜씨를 누가 따라가기나 할까. 더구나 천적으로부터 새끼를 보호하려고 사람이 살고 있는 지붕 아래 둥지를 튼다는 것을, 그것도 모르면서 홀대를 한 것이다.

생태계가 훼손되면서 그들의 숫자도 감소해 걱정이었는데, 아침마다 전깃줄에 앉아 재잘대는 시끄러운 소리에 새벽잠을 설친다. 검푸른 논배미 위를 날아다니며 먹이 사냥하는 모습이야말로 물 찬 제비다. 하늘 높이 검은 구름이 드리우는 날이면 어디서 모여들었는지 수십 마리의 제비 떼가 구름 속을 넘나들며 장관을 이루는 그 모습이라니…. 이제 와서 아무리 손짓해도 서까래 없는 양옥집에서 둥지 틀기가 어렵다며 모르는 척하지 않을까? 새끼를 기르고 난 후에도 살던 집을 헐어버리는 것이 아니라 다음 해 다시 돌아와 새끼를 치는 알뜰한 그들에게 그랬으니 말이다. 이제부터라도 그들과 이웃하며 그들이 누리고 있는 무소유의 기쁨도 함께하리라. 나를 비대하게 만들고 있는 군더더기를 훌훌 털어버리지도 못하면서 목덜미가 저리도록 저 높은 하늘만 쳐다보았다.

마송 5일 장터 작은 골목, 할머니들의 좌판에는 잡곡과 채소가 오밀조밀하다. "사가세요, 사가세요,"라고, 손님을 부르는 애절한 눈빛을 그대로 지나치기가 민망해서 저희도 농사짓고 있다고 웃으며 대답한다. 좌판 앞에 웅크리고 앉아 있는 할머니들을 처음 보았을 때는 생계유지를 위해서 고생하는 줄 알았다. 나중에 듣고 보니 할머니들의 장사 수완이 좋아서 들기름 한 병 남았으니 팔아달라고 애걸하고는, 그것이 팔리고 나면 감추어 둔 기름병을 또 꺼내 놓는다고 한다. 그 때문에 할머니들 좌판에는 농산물이 항상 조금씩 있는 것이다.

거기다가 그 어른들이 팔고 있는 농산물에는 수입 농산물이 많이 섞여 있다는 것이다. 시골 할머니들조차 믿지 못하는 세상이라니, 그분들을 탓하기보다 세상살이 팍팍해서 애쓰시나 보다 이해하려고 한다. 농산물 가격을 깎는 사람을 마주할 때마다 마음이 언짢아서 참기 힘들다. 더구나 할머니들 좌판에서 물건값을 깎을 땐, 더 그렇다. 시장을 같이 보러 다니던 친구가 풋 팥을 반값에 달라고 졸랐다. 그것을 막아보려는 생각으로 농산물 가격을 깎지 말라고 했다. 무안을 당한 친구가 얼마나 심기가 불편했으면 금세 얼굴색이 확 변하는 것이었다. 아치! 오지랖이 넓은 것도 큰 병이다. 더구나 입 조절을

못해서 화를 자초한 일, 농산물의 소중함을 모르는 친구가 야속하고 자존심도 상했지만, 꾹 참고 사과를 했다.

가을철에는 비가 적당히 내려야 곡식이 잘 영글지만, 가뭄이 들거나 서리가 다른 해 보다 빨리 내리면, 콩이나 팥의 성장을 멈춘다. 이럴 땐 다른 방법이 없기 때문에 꼬투리를 따서 시장에 내다 팔아야 한다. 그 풋콩이나 풋팥을 넣고 밥을 지으면 가을철 밥맛이 더없이 좋아서 주부들에게 인기가 좋다. 수확을 포기해야 할 지경인 풋곡식이 좌판에라도 오르니 그나마 경제적 손실을 조금이라도 줄일 수 있다. 그렇게 어렵사리 좌판에 올라온 농산물의 값을 깎고 있으니, 앞뒤를 가리지 않고 볼멘소리를 한 것이다.

서울 친구는 해마다 정해놓고 가져가는 기장 조의 가격이 꽤 비싸서 부담스러울 터인데, 오히려 오천 원의 거스름돈을 사양하면서도 고맙다는 말도 아끼지 않는다. 친구는 과수원에서 배를 사 갈 때도 나에게 했던 것처럼 거스름돈 오천 원을 사양한다. 대부분의 사람은 과수원에서 직접 배를 사 간다는 이유로 값을 깎으려고 하였을 것이다. 퍼 주기 좋아하는 과수원 동서는 비닐봉지가 찢기도록 배를 가득 담아서 덤으로 주고, 내게도 한 봉지 담아주면서 싱글벙글 이다. 사람이 사람을 비교하는 건 소인배들의 짓이라고 한다. 어쩜, 단돈 오천 원으로 이렇게 따뜻한 행복을 살 수 있을까 했다.

문수산의 마음 밭

부유한 사람을 부러워하지 말고 주어진 내 생활에 만족하리라 하면서도, 나 자신이 초라하게 느껴질 때가 바로 불우이웃 돕기 할 때이다. 기껏해야 전화요금에 정산하는 기부나 하고, 적은 액수의 성금을 내면서 '수준에 맞게'라는 어리석은 생각으로 스스로 위로한다. 이웃 돕는 일이 부자들의 특권이 아닐 것이다. 그러므로 지체하지 말고 곧바로 행동으로 옮겨야 하는 걸 뻔히 알면서 씀씀이를 줄이려는 노력은 하지 않고 주머니 사정이 좋아질 때만 기다렸으니, 이보다 더 어리석음이 또 있을까 싶다.

어느 목사님께서 겨울 외투 한 벌 장만하시려고 십 년 동안 돈을 모으셨다고 한다. 외투값이 다 모인 목사님께서 외투를 맞추기 위해서 양복점 문을 막 열려고 하는 순간 구걸을 하는 아이가 눈에 들어왔다. 하지만 목사님! 양복점 문을 잡고 한참을 망설이다가 그대로 문을 열고 들어가셨다 한다. 바로 그때, 그곳을 지나던 밍크코트 차림의 여인은 망설임도 없이 곧바로 아이를 끌어안고는 종종걸음치는 것이다. 목사님! 부랴부랴 여인의 뒤를 따라가 보니, 먹을 것을 사 먹이고 옷도 사 입히는 게 아닌가. 여인의 정체가 궁금했던 목사님, 당신의 처사가 얼마나 부끄러웠는지 몰랐다고 한다. 부잣집 마님도 아니고 그렇다고 돈 많은 사람도 아닌 직업이 창녀였다니 말이다.

지난여름 폭우로 극심한 피해를 당한 북한 동포를 위한 성금 모금에 참여했다. 작은 액수이지만 나름대로 수준에 맞게 라는 바보 같은 생각을 했으니…. 그것은 어디까지나 궁색하기 이를 데 없는 핑계일 뿐이다. 나의 잘못된 습관으로 함부로 써 버리는 돈이 이렇게 많은 것을 어찌나 부끄러운지 얼굴이 화끈 달아오른다. 취미생활 한답시고 여러 모임에 가입했으니, 다달이 지출되는 회비가 적은 돈이 아니다. 작은 액수의 돈이라고는 하지만 횟수가 많다 보니 큰돈을 써버린 것이다. 그 돈들이 새어 나가는 구멍을 틀어막기 위해서 친목회에 나가는 것조차 자제하기로 하고, 그렇게 좋아하는 글쓰기 모임에서도 탈퇴했다. 한 해 동안 지출한 친목회 회비와 동인지 출간 비용을 따져보니 무려 쌀 세 가마니가 훨씬 넘게 줄줄이 새어 나간 것이다. 수입원이라고는 고작 농산물을 팔아야 돈 구경을 하는 형편에 돈 아까운 줄 모르고 그리했다.

이제부터, 마음 다져 먹고 가까운 거리는 걸어서 다니고, 장거리는 되도록 대중교통을 이용하기로 했다. 별안간 안 하던 짓을 하려니 여간 불편한 것이 아니다. 처음에는 버스 기다리는 시간이 아깝고 지루하기도 했다. 하지만, 버스 타고 편안한 자세로 창밖을 구경하는 것도 꽤 재미있는 일이다. 더구나 운전하면서 받는 스트레스도 줄이고 기름값 절약도 하고, 걸어 다니는 일이 많을수록 다리가 튼튼해져서 좋다.

청빈(淸貧)한 목사님의 이야기는 서울 수유 2동 성당 주일 미사참례 때 신부님의 강론 말씀으로 들었다. 40여 년의 세월이 흘렀음에도 건망증 환자의 머릿속 한 부분을 차지하고 있으니 신기한 일이다. 목사님께서 청빈을 몸소 실천 하면서 나눔의 실천도 충분히 하셨으리라. 그런데도 한순간의 실수를 고백하고 여인의 아름다운 선행을 세상에 드러낸 목사님의 따뜻한 마음씨야말로 이 시대에 귀감이 아닌가 한다.

이 핑계 저 핑계로 돌아다닐 구실만 찼던 일을 자제하려니 좀이 쑤시고 엉덩이가 들썩인다. 하지만 사람들에게 받은 상처를 줄이기에 썩 좋은 기회이다. 이렇게 많은 눈이 내리는 날에는 설경(雪景)이 아름다운 문수산을 바라보는 것만으로도 행복이 넘쳐난다. 나 이제 문수산 자락에 백설 같은 마음밭을 일구어 행복의 씨앗을 심어 놓겠네, 욕심을 쏟아내고 비어있는 주머니를 자연의 아름다움으로 가득 채운다면 이보다 더 좋은 일 없을 것이다.

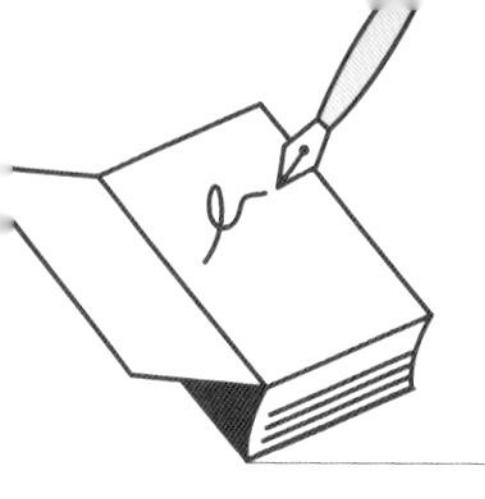

햇살이 정겨운 오후, 챙이 넓은 모자를 쓰고 잔디밭에 돋아난 잡풀을 뽑기 시작했다. 노란, 하얀 민들레가 제 몫을 다하고 솜뭉치를 날리며 둥실둥실 떠다니는 모습이 내년에 다시 오겠다고 인사하는 듯하다.

호미로 풀을 뽑아내면 잔디도 함께 뽑혀서 칼로 조심스럽게 도려내야 한다. 이른 봄 아름다운 자태를 뽐내며 우리의 눈을 즐겁게 해주던 민들레가 내 손에 무참하게 잘리고 말았다. 보리밭의 가라지도 아닌 민들레를 굳이 없애야 하는 이유는 잔디를 곱게 가꾸려는 내 욕심 때문이다. 그러다가 신기한 것을 보았다. 민들레 주변에 개미가 흙을 수북하게 쌓아 올리는 것이다. 처음에는 개미가 민들레 수액을 먹으려고 그곳에 집을 지었나 생각했는데, 또 다른 일년생 화초에서도 같은 것이 보였다. '아뿔싸! 민들레를 기둥 삼아 집짓기 하는 걸 모르고 뭉개 버렸으니 이를 어쩌나, 후회하였을 때는 이미 개미가 흩어지고 난리가 난 후였다.

추운 겨울 무엇을 먹고 살았는지 얼어 죽지 않고 어떻게 살아남았을까? 잔디밭을 자세히 들여다보니 개미들의 일하는 모습이 보인다. 주변에 먹을 것이라도 있으면 떼거리로 달려들이 분주하세 움식인다. 먹을 것이라야 사

개미와 동거

람이 버린 음식물 찌꺼기와 죽은 곤충 따위를 비롯해서 개가 흘려놓은 개밥 정도인데, 그것을 먹으려고 떼로 몰려와 제집으로 끌어들인다. 어떤 놈은 제 몸집보다 더 큰 먹이를 입에 문 채 앙증맞게 기어가는 모습에 저절로 웃음이 나온다.

뉘엿뉘엿 해가 넘어갈 무렵 개미가 이동하는 모습을 쪼그리고 앉아 들여다보았다. 한참 들여다보아야 움직임이 겨우 보이는 아주 작은 개미들이다. 옛 어른 말씀에 개미가 이사하면 장맛비가 온다는데, 곤충에 불과한 개미가 자연의 섭리를 어떻게 알았을까 싶다. 더구나 콘크리트길 위를 질서 있게 기어가는 모습에 탄성이 나온다. 무리가 이동하면서 여왕개미와 어린 새끼는 어떻게 하였는지 인솔자도 보이지 않는데, 흐트러짐 없이 이동하는 모습은 사람들이 좀 배웠으면 했다.

텃밭에서 잡풀을 뽑다가 실수로 건드린 개미집 속에 밥풀같이 하얗게 생긴 것이 바글바글한다. 이런 내 불찰로 개미들에게 큰 실수를 한다니 여간 미안한 것이 아니어서 얼른 흙으로 잘 덮어주었다. 개미는 행여 적의 공격을 받아도 빠른 시간에 원래대로 복구가 가능하다. 그걸 보면 부지런하고 근면

성실한 사람을 비유하여 개미같이 일한다는 표현이 어울리는 말이다.

흰개미는 목재를 파먹기 때문에 건축물을 망가뜨리고, 집개미는 집안에서 세균을 옮겨놓아 불결하기 짝이 없다. 또, 불개미는 농작물 먹어 치워 농부들에게 큰 피해를 준다고 한다. 하지만, 집 근처에서 흔하게 볼 수 있는 작은 개미는 자신의 영역을 건드리지 않으면 사람에게 해를 가하지 않는 착한 애들이다. 그들은 민들레에 기생하며 먹이 취하는 게 아니라 민들레를 기둥 삼아 집을 짓는 것이었다. 여름 장마 때 물이 불어나면 기둥을 타고 올라가 삶을 보존하려고, 피신하기 좋은 자리에 집짓기 하는 걸 내 실수로 부숴버린 것이다.

장맛비가 그치고 난 후 풀숲이나 축축한 땅 위로 날개 달린 개미들이 무리 지어 날고 있었다. 땅 위에서 기어다녀야 할 개미 떼가 하늘을 날아다니는 것을 보니, 녀석들의 짝짓기 철이 되었나 보다. 싸움하는 병정개미는 생식능력이 없고 일을 도맡아 하는 일개미는 날개가 없다. 생식 능력이 있는 암수가 짝짓기를 위해서 결혼 비행을 하는 것이라니 참으로 신비롭다. 그들은 넓은 창공을 신방 삼아 아무에게도 방해받지 않고 멋지게 짝짓기 하는 것이다. 결혼 비용을 장만하기 위해서 많은 시간을 쏟아붓고 혼수 문제로 파경에 이르는 사람에 비하면, 하늘을 날면서 결혼식을 올리고 자식 낳고 번성하는 그들에게 부러운 생각이 들었다.

건조한 풀밭이나 돌 틈 사이, 소나무 아래가 개미들의 보금자리다. 마당 한 귀퉁이를 그들에게 내어준다고 우리의 삶이 변하는 것도 아닌데, 내 필요에 의해서 개미들의 터전을 부숴버린 꼴이 되었으니, 자연 속에 함께 있으면서 아름다운 자연을 그들과 함께 나누지 못할 정도로 옹졸한 내 자신을 다시 한번 돌아보았다.

'시원한 소나무 그늘에서 새들의 노랫소리 들으며 나비들 춤사위도 보고 싶고요, 따뜻한 햇살에 볼 비비며 사랑도 하고 싶다고요. 맛있는 과일 혼자 드시고 이 좋은 시골 구경 혼자 하시렵니까?' 개미들의 외침이 귓가에 맴도는 듯하다. 이제 잔디밭을 거닐 때마다 종아리로 기어오르는 개미에게 생각 없이 내리치던 손길을 멈추게 되고, 내 부주의로 하찮은 곤충의 생명도 다치지 않을까 조심한다. 그들과 함께 아름다운 자연을 사랑하며 마당 한 귀퉁이를 그들에게 내어주면 어떨까? 어릴 적, 장난삼아 개미집을 헤집어놓고, 보태서 개울물에 떠내려 보내기도 했으니, 늦게나마 사과하는 뜻으로 말이다.

외출에서 돌아오는 길에 꿩의 가족을 만났다. 방금 알에서 깨어난 것 같은 꺼병이들이 어미 뒤를 졸졸 따라 길 건너 숲속으로 숨어들었다. 자동차를 세워놓고 구경하려고 했으나 오가는 차들 때문에 그대로 지나칠 수밖에 없었다. 실물로는 처음 보는 광경이었는데 어찌나 아쉬운지 고물고물한 꺼병이들이 눈앞에 아른아른한다.

암놈에 비해서 화려한 깃털을 자랑하는 장끼는 애처가 중에도 애처가다. 녀석이 제 짝을 부를 때는 우렁찬지 소리에 고막이 터질 지경이다. 거기에다 암수 한 쌍이 날개를 쫙 펼치고 들녘을 가로질러 날아갈 때는 이보다 더 좋은 구경거리가 어디에 또 있을까 싶다.

나도 어릴 적엔 저 꺼병이들 못지않게 엄마를 따라다녔다. 심지어 친척집으로 나들이를 가실 때는 학교도 빠지고 그랬으니…. 학교에서 돌아오자마자 책 보따리 내동댕이치고, 남의 밭으로 김매러 가신 엄마를 찾아갔을 때다. 동네 아주머니가 커다란 오이 하나를 따서 건네주는 것이었다. 주전부리가 귀하던 시절이었으니, 오이를 받아 들고 얼마나 기분이 좋았으면 비탈길을 달음질쳤다. 그러나 기쁨도 잠시 돌부리에 걸려 넘어지는 바람에 무릎이 깨지고 팔꿈치가 움푹 파여서 피가 줄줄 흘렀다. '엉엉' 서럽게 울면서 개울을 건너는 조카딸을 멀찍이서 바라보시던 큰아버지! 단걸음에 달려오시어 성냥갑에 붙어있는 황을 떼어서 상처 부위에 붙여주셨다. 편모슬하에 장남이셨던 큰아버지는 막냇동생의 막내딸을 그리도 예뻐하셨다. 다리 아래서 주워 온 아이라고 놀려댈 때는 '껄껄'웃으시고…. 비위생적인 치료에도 무릎에 흉터 하나 남지 않은 건 그분의 아름다운 사랑이 덧칠되어서다.

녀석들을 보았던 그곳을 지나다가 고 귀여운 꺼병이들과 또 만났다. 며칠 사이에 제법 크게 자란 녀석들이 나들이를 나온 모양이다. 일렬로 어미 뒤를 따르는 모습이야말로 소풍 나온 유치원 원생들과 다름이 없다. 밤송이를 한 줄로 이어놓은 것 같은 녀석들의 가무잡잡한 모습이 하도 귀여워서, 사진이라도 한 장 찍고 싶었지만, 카메라를 들고 다니지 않아서 그 좋은 광경을 놓쳐 버렸다.

갈색 깃털의 까투리들은 천적을 피하기 좋은 계절 야산이나 인적이 드문 곳에서 번식한다. 주로 가랑잎이나 마른 풀잎으로 둥우리를 만들어놓고 탁구공보다도 작고 푸르스름한 알을 10~15개 정도 나으면 품기 시작한다. 자식 사랑이 대단한 어미는 여간해서 새끼를 포기하지 않기 때문에 사람이 다가와도 꿈쩍도 하지 않는다. 그 틈을 타서 어미도 붙잡고 품고 있는 알마저 갈취하면서 미안한 마음도 없는지 '꿩 먹고 알 먹고'라는 비유를 만들어내고 있으니, 사람의 욕심이 끝이 없는가 보다. 그들도 나름대로 종족 보존의 지혜를 터득하고, 풀이 무성하게 자라서 보호막이 되어 줄 때쯤에야 꺼병이와 까투리의 '줄 탁 동시'가 이루어지는 것이다.

우리 동네는 야생조류의 천국이나 다름없다. 덕분에 그 힘든 농사일 할 때도 새들의 지저귀는 소리로 피곤함을 달래고 자연을 즐길 수 있어서 정말 좋다. 이제라도 동물을 사랑하는 사람들의 마음이 풍요롭고 더없이 행복하다는 사실을 그들도 깨달았으면 오죽이나 좋을까. *이기울을 사랑하는 사람들만이라도 녀석들의 둥우리에 손을 넣는 일만은 절대로 없었으면 하는 바람이다.

한 마당 가에서 평생을 함께하신 부모님과 큰아버지, 그분들 모시고 다리 건너 갑곶 성지에라도 가고 싶다. 수십 년 전에 하늘나라로 떠나가신 그분들이 오늘따라 그리움으로 더해서 단풍잎처럼 얼굴이 붉어 오른다. 오늘밤 꿈속에서라도 어릴 적으로 돌아가서 우리 엄마 손잡고 가을 소풍 떠날까, 단풍잎 곱게 물들어 가는 아름다운 이 가을 꺼병이 그 녀석들처럼.

*이기울
용강리의, 옛 지명

아름다운 날, 아픈 기억

기억의 메모리가 듬성듬성 살아있는 모양이다. 어릴 적, 작은 보폭들도 여전하다. 아침저녁 부모님의 기도 소리를 듣고 살아서일까? 꼬맹이가 엄마께서 가르쳐 주시는 기도문을 세 번 정도 따라 하고는 혼자서 달달 암송했다. 열여덟 살 큰 오빠와 다섯 살 막내 오빠의 이야기는 어머니께 귀에 못이 박히도록 들어서 나이 든 지금까지 잊혀 지지 않는 아픈 부분이다.

어머니는 늦은 나이에 나를 낳으시고 산후조리도 못 하신 채 막내에 이어 큰아들까지 하늘나라로 보내셨다. 와중에 산모의 고통이 죽음을 넘나들었을 것이다. 말라버린 젖가슴 때문에 갓난아기는 배고파서 보채고, 큰아들이 미치도록 보고 싶은 엄마는 젖먹이가 울 때마다 함께 우시고, 아버지는 가슴으로 우셨다 한다.

늘 배고파 우는 갓난아기에게 궁여지책으로 엄지손가락에 소고기 껍데기를 매어주었는데, 그걸 빨아 먹느라고 덜 울었다는 슬픈 이야기도 내 기억 속에 존재한다. 거기에다 배앓이까지 심해서 우는 게 일과였다. 그 어린 계집애가 겁도 없이 "아버지 술 남겨주세요," 라고, 반주를 드실 때마다 밥상머리에서 여시를 떨었다, 눈물이 나도록 아름다운 기억의 한 부분이 조금 전처럼 수시로 나를 자극한다.

초등학교 입학할 무렵이다. 오빠가 큰댁 조카딸에게 한글을 가르치는 게 아닌가. "다 큰 계집애가 이름도 쓸 줄 모르고" 하면서, 이 정겨운 광경에 시샘이 동하자 '나에게도 한글을 가르쳐 달라'고, 떼를 썼다. 그 시샘 덕분에 많은 책들이 나이 든 손에서 떠날 줄 모르나 보다.

예나 지금이나 어른께 인사를 잘해야 귀여움을 받는다. 학교 갈 때마다 '집 떠날 때 드리는 기도'를 하루도 거르지 않았다. 또 귀가해서도 집에 돌아와 바치는 기도까지, 십자고상 앞에서 무릎 꿇고 바쳤다. 또, '학교에 다녀오겠습니다. 와 다녀왔습니다.'라고, 부모님께 인사도 빠트리지 않았다. 부모님이 집을 비우실 때는 삼 이웃과 논밭까지 찾아다니며 인사를 드려야 마음이 편했다.

오빠가 입대 전 장가를 들었다. 전쟁이 아직 끝나지 않았을 때이어서 '상이군인' 들이 많았다. 오빠는 자기도 불구가 될 수 있다는 생각으로 일찍 결혼한 것이다. '불구자 외아들에게 시집올 사람 아무도 없다.'라고 하면서 말이다. 시샘이 동한 상숙이 새 올케의 신혼 재미를 다 망쳐놓았다. 신혼부부 가운데를 비집고 들어가 잠을 잤으니, 우리 올케 막내 시누이 고년이 얼마나 얄미울까, 철딱서니의 그 짓거리가 세상 어디에 또 있을까 싶다.

휴가 때마다 막냇동생에게 공책과 연필을 선물하던 우리 오빠 그 시절 뭔 돈으로 그리했나 싶다. 연필은 뾰족하게 다듬어 필통에 가지런히 넣어주고, 공책 표지에 학년과 이름까지 예쁜 글씨로 써 주었다. 가슴 따뜻한 선물을 듬뿍 안겨준 오빠가 나를 남에게 내어주기에 아까운 모양이다. 술에 거나하게 취하는 날에는 "너 시집가지 말고 그냥 나와 함께 살자, 내가 땅 한자리 뚝 떼어줄게" 하는 것이다. 오빠의 장난기에는 늘 건답 논 서 마지기가 내 몫이다.

아버지의 생신날이나 명절에는 안방 가득한 손님들이 어머니께서 손수 빚으신 농주에 녹두부침개와 손 두부를 안주로 드셨다. '得奉(아버지)이 막내딸 이리 나와 노래 불러라' 하실 때마다 꼬맹이가 부르던 노래가 "동해 물과 백두산"이다. 어느 해 아버지의 생신날이다. 약주를 다 드신 친구들께서 집으로 돌아가시자마자'너 술 얼마나 먹나 어디 보자' 하면서, 오빠가 따라 주는 막걸리를 다 받아 마셨다.

술이 떡이 되게 취하는 건 빤한 일, '동해 물과 백두산이' 노래를 부르다가 '얼씨구절씨구' 춤까지 추었다. 드디어 위 속에 든 부산물이 마룻바닥으로 쏟아지는 불상사가 일어나고 말았으니, 다섯 살 아니면 여섯 살로 기억되는 사건이다. 우리 오빠, 어머니의 호된 꾸지람에도 "상숙이 옛날에 술주정했단다," 라고, 사람들 앞에서 놀렸다. 아니, '저 참한 처녀가 술주정하다니' 듣는 사람들이 모두 "깔깔" 배꼽을 잡았다.

술을 전혀 못 마시는 오빠가 얼굴이 빨개서 퇴근하는 날이다. 장난기가 발동하자 무려 열네 살 위 오빠에게 "자네, 어디서 한잔했네," 했다. 그 후, 술이 거나해서 퇴근할 때마다 "여보게 나 한잔했네, 자네도 한잔하시지"라고, 선수를 친다. 그 말에 "여보게 자네나 많이 드셔 난 이미 술 끊었었네!"라고, 맞장구쳤다. 모두가 부러워하는 오누이의 살가운 대화가 마흔세 살 오빠가 시월 어느 날, 빨간 감나무밭이 내려다보이는 산자락에 *천 년 집을 지으면서 막을 내리고 말았다.

막걸리를 즐겨 마시던 꼬마 주정뱅이의 이 아름다운 이야기가 감이 주렁주렁 붉어져 가는 비탈밭 감나무 아래서 울고 있나 보다. 감꽃이 하얗게 쏟아지는 봄날에도 "성모님 어서 오시라고 해, 얼른 엄마 모셔 와"라며, 가쁜 숨 몰아쉬던 오빠의 마지막 목소리가 귓가를 떠날 줄 모른다. 아마, 내가 삶의 마침표를 찍을 때까지 아픈 기억을 움켜쥐고 살아갈 부분이 아닌가 한다. 아들의 기막힌 죽음 앞에서 주름으로 얼룩진 두 손 벌벌 떠시는 어머니의 모습까지 말이다.

*무덤

6장 땅에서도 이루어지소서!

· 땅에서도 이루어지소서!
· 닭을 기르고 시를 기른다

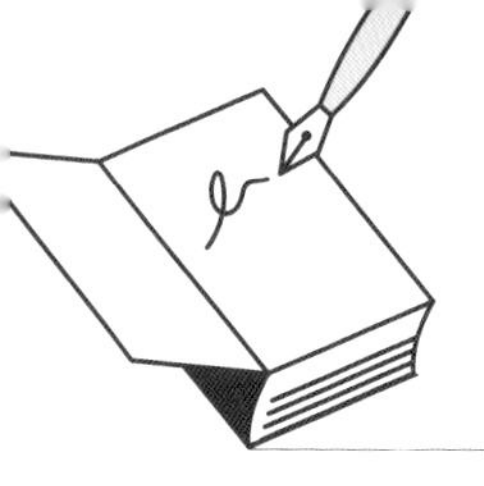

하느님은 농부이시다. 우리는 하느님의 뜻이 땅에서도 이루어지기를 새벽부터 밤중까지 기도하는 농사꾼 부부다.

증조할아버님은 경기 안성 어느 줄 무덤에 잠들어 계신 무명 순교자이시다. 백 삼위 순교자들께서 복자로 시복되실 때이다. 친정아버지께서 "증조할아버님의 세례명만 알아도 복자품에 오르실 수 있을 터인데" 하시면서 안타까워하셨다. 박해가 증조할아버지의 목숨을 앗아갔음에도 불구하고 묵묵히 지켜내신 증조할머님의 신앙이 지금 우리 가족에게 쭉 이어지는 것이다. 증조할머니는 폭도들에게 들켜버릴까 염려스러워 자식들조차 비신자로 그냥 둔 채 혼자서 신앙생활을 하셨다 한다. 그 어려운 와중에 아들마저 앞세우셨으니, 몸과 마음의 고통을 참아내기 힘드셨을 것이다. 자랑스러운 여장부 증조할머니 해마다 봄가을에는 곱게 단장하시고 어딘가를 다녀오셨다. 봄가을 판공에 참석하시려고 안성에서 용인으로 걸어서 오가고 하시는 걸 자식들은 나중에 그 사실을 알았다. 용인 은이 공소로 짐작이 가는 점마을 교우들, 증조할머니의 부음 받자마자 안성으로 쏜살같이 달려와 장례를 치른 후, 놀라운 일을 감행하였다. 할머니와 식솔 모두를 당신들이 살고 계신 옹기마을로 데려가신 것이다. 지금 우리에게 진무하나시피 한 공동체 의식을 그분들에게 배우고 두고두고 반성해야 할 부분이 아닌가 한다.

또한, 눈썰미가 남다른 둘째 큰아버지께서 어깨너머 배움으로 만들어내신 뚝배기와 항아리 뚜껑 등등 자잘한 옹기를 할머니께 팔아보라고 했다. 할머니는 과부의 몸으로 받아들이기 쉬운 일이 아니었음에도 옹기 행상을 시작하셨다. 그 덕분에 자식들의 배고픔이 사라지고 가난에서 차츰 벗어날 수 있었다 한다. 친정어머니 말씀이 할머니의 견진성사 교리를 직접 가르치셨다 하니, 영세도 나이가 많이 들어서 받으신 모양이다. 어찌어찌 재산이 모이자, 독 짓는 기술자로 성장한 둘째 큰아버지만 용인 골배마실에 머무르시고, 할머니, 큰아버지, 고모와 우리 아버지는 경기도 광주 농촌 마을로 이사를 하셨다. 하여, 옹기장이 후손인 우리 남매들은 옹기 굽는 가마를 구경도 못 하고 살았다.

아버지 삼 형제와 고모 댁 그리고 외갓집은 물론 사돈의 팔촌까지 전부가 천주교 집안이다. 외교인 보다 천주교 신자가 더 많은, 경기도 광주군 도척면 노곡리 예전에 점촌이었다 하여 점말로 불리는 동네가 내 고향이다. 어릴 적에는 온 가족이 십자고상 앞에서 하루도 거르지 않고 삼종과 저녁기도를 바치고, 주일날에는 교우들이 한 곳에 모여 공과 책에 실려 있는 기도문으로 미사참례를 대신하였다. 돌아가신 조상님께 연도 바치고 성서도 읽어가며 농사일 미루어둔 채 온 파공(罷工)으로 하루를 보냈다.

봄가을 판공 때 본당 신부님은 공소마다 순회하셨는데, 삼십 리가 넘는 이천성당에서 우리 공소로 오실 땐, 중간 지점까지는 버스를 타고 오시고 남은 거리는 걸어서 오셨다. 남자 어른들과 꼬맹이들 버스가 지나가는 큰길가에서 신부님을 기다리는 것도 기쁨이었다. 명절보다 더 기쁜 날이 바로 판공날이기 때문이다. 이웃 공소 신자들까지 다 함께 만과를 바친 후, 신부님께서 아이들에게 찰고를 받으셨는데, 촌구석에 의자가 있을 리 없다. 하여, 신부님은 곡식을 계량할 때 사용하는 모말을 타고 앉으시고, 어린 우리들은 신부님 앞에 나란히 앉아 찰고를 받았다. 찰고 때마다 어머니가 가르쳐주신 기도문을 달달 외우고 상품으로 예수성심 상본이나 성모 성심 상본을 받아서 어머니의 기쁨이 되었다. 성물이 귀하던 시절 신부님께서 상으로 주시는 상본을 받아 든 고사리손과 꼬맹이의 가슴이 오랫동안 콩닥콩닥했다.

공소회장이신 큰아버지는 신부님이 화장실에서 볼일 보실 때 보초까지 서시고, 교우들 전부가 살아계신 예수님을 대하듯 신부님을 모시는 데 소홀함이 없었다. 신부님께서 잡수시고 남겨 놓으신 밥 한술의 효력 또한 대단해서 기도문을 빨리 배울 수 있다고 믿었다. 지금 생각해도 입가에 미소가 번지는 건 고해성사도 어머니가 가르쳐 주시는 대로 이 죄 저 죄를 고백했으니, 되돌아갈 수 없는 참 아름다운 날들이다. 판공성사를 보기 위해서 순서를 기다리는 큰아버지와 아버지의 근엄한 모습은 인장처럼 지워지지 않는 부분이다. 성체를 모시기 진 어른이나 아이들 누구나 전날부터 공심재를 지키고 말소리조차 가만가만 삼가야 했으니, 지금처럼 어수선한 세상에서 신앙인의 바른 자세로 살아가기 어렵다 해도 그분들의 성숙한 모습을 본받기를 게을리 말아야 할 것이다.

세상에 태어나 말을 처음 배우기 시작할 때부터 성호경과 주모경, 그리고 사도신경을 외워야 하는 부모님의 주입식 교육이 새벽녘 이불속에서 시작되었다, 신앙심이 두터운 부모 슬하에서 성장을 하고서도 제 정신이 어찌 되었는지, 샤머니즘의 색깔이 지나치게 강한 부모에게서 태어난 사람과 결혼하였다. 세상에 태어나서 첫 번째 무모한 짓으로 큰 사고를 치고 만 것이다. 어리석은 딸 때문에 우리 아버지 어머니 가슴이 쿵쿵 쿵 수도 없이 두근거렸으리라. 아들 셋 가슴에 묻으신 불쌍한 아버지, 늦은 퇴근길 마중 나오시던 내 아버지, 손 한 번 잡아드리지 않은 철딱서니다. 어두움이 내려오는 시골길 팔짱끼고 나란히 걸어가는 부녀의 모습을 하느님께서 보시고 "참 아름답다." 하실 터인데, 그냥 재잘재잘 일과를 고하는 게 다였다. 어릴 적 잦은 병치레로 고생하더니, 다리통 튼실하다며 엄청 좋아하시던 내 아버지, 늦게나마 부모님의 가르침을 잊지 않으려고 노력 중이다 .

요한 씨, 독학으로 교리 문답을 배웠는데도 혼인 주례신부님의 찰고에 합격하였다. 이 얼마나 감사하고 다행스러운가. 그러나 기쁨도 잠시 아침기도와 저녁기도 함께 바치고, 주일날 성당에도 함께 다닐 수 있으리라는 바람은 혼배성사 당일 송두리째 날아가 버렸다. 그때부터 가슴에 상처가 겹겹이 쌓여가고 삶의 기쁨은 바닥을 드러내기 시작했다. 혼배성사를 주례하신 박지환 요왕 신부님께서 "신랑이 찰고는 아주 잘했어! 앞으로 일은 자네에게 달렸어"라고 하셨다.

남편과 티격태격한 후 속상한 마음 다스리기 힘들 때마다 신부님의 당부 말씀이 떠올라 어리석은 발걸음이 한 번도 문지방을 넘지 않았다. 나에게 주어진 이 가정을 지키는 일 너무 힘들고 마음이 부서질 듯 아플 때마다 가슴에서 큰 돌덩어리가 요동치는 게 아닌가. 사람이 사는 게 아니고 그저 목숨이 붙어있어서 간신이 숨을 쉬었을 뿐이다. 이 남자 혼배성사 때 세례를 받았지만, 곧바로 냉담이었으니 왜 아닐까. 더 이상의 것을 바라는 건 서로에게 상처만 주는 일이다. 모든 걸 하느님께 맡기고 남편의 마음이 주님께 돌아서기를 기다리는 수밖에 별도리가 없었다. 아침저녁으로 바치는 주님의 기도에서 "하늘에서와 같이 땅에서도 이루어지소서!"라는 심오한 뜻의 진리를 깨닫지 못한 우매함 때문이 아닌가 한다.

마트에서 생필품을 구입할 때나 의류매장에서 옷을 살 때도 꼼꼼히 따져본 후 지갑을 열어야 실수를 줄일 수 있다. 그런데도 일생이 달린 배우자를 번지르르한 겉모습만 보고 선택하였으니, 살아갈 나날이 순조롭지 않으리라는 건 자명한 일이다. 그나마 다행으로 아이들과 내 신앙생활에 너그러운 편이어서, 서울 수유리에 살면서 혜화동 상지회관에서 실시하는 성령 세미나를 받을 수 있었다. 어린 막내를 데리고 서울 강북구 수유동에서 혜화동까지 버스 타고 다니기가 부담스러웠지만 봉사자들의 도움으로 교육을 무사히 마칠 수 있었다. 매주 교육을 마치고 집으로 돌아오는 버스 안에서 기쁨이 넘쳐나고 성서를 읽고 마음으로 가슴 설렜다.

통진으로 이사 온 후 인천교구청에서 여성 33차 꾸르실료도 수료하였다. 요한 씨 꾸르실료 수료식에 꽃다발까지 사 들고 통진에서 인천교구청까지 오셨다. 비밀을 요하는 교육이라서 수료식 시간을 제대로 알려 주는 사람도 없다. 그 때문에 굳게 닫혀있는 교육장 문밖에서 비지땀 뻘뻘 흘리며 2시간이나 기다렸다 한다. 토요일 오전 근무 마치자마자 시외버스에 몸을 실었다는 게 신기할 따름이다. 학교 다니는 아이들이 네 명이니 불편한 점이 한두 가지 아니었을 터, 팔월 삼복더위에 착한 마음이 샘솟아서, 아니면 서서히 철들기 시작한 걸까 눈물 나게 고마운데도 고개가 갸우뚱 헷갈리는 부분이다.

1985년 통진으로 이사 오기 전, 서울 강북구 수유동 성당에서 세 아이가 첫 영체를 받았고, 나이가 어린 막내는 세례성사만 받았다. 한데, 아이들 세례식이나 첫영성체 그리고 견진성사 받을 때 아버지가 없는 자식 같았다. 우리 아이들 부모의 축하를 받으며 기념사진을 찍는 또래 아이들이 돈 많은 부자보다 더 부러웠을 터인데, 다행스럽게도 아이들이 착해서 아버지의 불참을 당연한 것으로 받아들였다. 이사 할 때마다 십 분 정도 걸어서 성당에 다닐 수 있는 가까운 곳으로 정했다. 덕분에 아이들이 어린이 미사와 주일학교에 빠지지 않았고, 나도 불편한 것 모르고 레지오 활동이나 성서 공부도 할 수 있었다. "언니 남들보다 자식을 여럿 두었으니, 뱃속에 든 아이는 아들이 건 딸이 건 무조건 하느님께 바쳐" 막내를 임신한 내게 외사촌 동생의 말이다. 하여, 당뇨로 고생하시는 시아버님의 구원과 곧 태어날 아이가 사제성소에 응답하기를 기도하고 매일 미사참례도 거르지 않았다 .

서울에서 통진으로 삶의 터전을 옮겨온 건 고통을 자초하는 두 번째 실수였다. 시아버님의 건강이 안 좋으셔서 늘 걱정하는 남편의 청이라도 거절했어야지, 아이들 학교까지 옮겨가면서 이사를 하지 말았어야 한다. 우리 시어머니 길 찾아다니기에 선수다. 경기도 광주와 부평 백마장, 그리고 서울 강북구 수유동에 살 때도 수시로 어쩜 그리 잘도 찾아오시는지 모르겠다. 그것도 이 보따리 저 보따리 버려야 마땅할 농산물 싸 들고 토요일에 오신다. 성당 다니는 며느리 어찌해볼 심사로 그리하시는 거였다. 추운 겨울과 눈코 뜰 새 없이 바쁜 농사철도 개의치 않고 행차하셨다.

우리 아이들 느닷없이 찾아와 제 엄마 힘들게 하는 할머니에게 정나미가 다 떨어지고 오히려 가슴에 미움만 쌓였을 것이다. 그런데도 딸아이는 시치미 뚝 떼어내고 아침밥을 먹자마자 동생들에게 놀러 나가자 한다. 어디서 그런 지혜가 나왔는지 가르쳐 주지 않았는데, 할머니 눈초리를 피해서 자기들끼리 성당에 가자는 신호다. 친정어머니의 초상을 치르고 삼우제까지 지낸 후 집에 도착하자 딸아이가 "엄마 우리가 외할머니 연도 바쳤어"라고 한다. 세상에나 어린애들이 외할머니께 연도를 바쳤다니 딸내미의 지혜가 남다르다.

시어머니는 갑 며느리는 을이라는 생각이 머리에 가득한 시어머니, 결혼식도 예식장이 아닌 성당에서는 불가능하다는 강력한 반대에 부딪혔다. 그 때문에 경기도 광주 경안성당에서 내 친구들과 친정 식구들만 참석한 가운데 혼배성사를 받았다. 그나마 신랑이 혼인성사 당일 세례명 요한으로 세례를 받아서 관면혼배가 아닌 혼배성사를 제대로 받을 수 있었다. 다음 날 서울 모 예식장에서 시댁 친척들과 김포 용강리 사람들을 하객으로 또 결혼식 올려야 하는 우스꽝스러운 일이 벌어졌다. 나이가 드시면 잔소리가 줄어들지 않으려나, 아무리 기다려도 줄어들기는커녕 하느님께 부름을 받기 한 달 전까지 지속되었다.

한 달은 밤낮 가리지 않고 고래고래 악쓰시더니, 주님의 천사가 하늘에서 내려오실 무렵에야 멈추었다. 오죽하면 우리 시어머니 아들 며느리에게 상처 주려고 세상에 존재하는 건 아닌가 하는 어리석은 생각이 들기도 했다. 옛날 시어머니들 시집살이 모질어도 해산한 며느리에게는 너그러운 마음으로 미역국을 끓여 주셨다는데, 나에게는 이웃 나라 이야기다. 큰댁 시어머니까지 모시고 오셨으니, 두 시어머니 시중들어야 하는 산모의 다리가 후들후들 온몸이 휘청거렸다. "찬물에 손을 넣어서는 절대로 안 된다." 하시는 친정어머니의 당부마저 어디로 훌쩍 날아가 버린 서글픈 해산어미였다 .

세 번째 실수는 맑은 하늘과 깨끗한 공기가 자랑거리인 민통선 마을로 삶의 터전을 옮겨 온 일이고, 보태서 호미가 통통 튀는 자갈밭에 빨간 벽돌로 농가주택을 지은 일이다. 그렇게 당하고도 시어미니 곁에서 뭔 부귀영화를 누리겠다고 남편을 꼬드겼으니, 머리가 정상 수치에서 한참 벗어난 상태가 아닌가 말이다. 시부모의 구원을 책임져야 할 사명을 받고 세상에 태어난 것도 아닐 터, 사람이 살아갈 집을 짓는 건지 소 키울 외양간을 짓는 건지 시어머니 불벼락의 연속이다.

아들네가 새집으로 이사하는데도 당신께서 마음대로 할 수 있는 게 아무것도 없다. 더구나 "내가 서울에 올 때는 벽에 걸린 저 십자가 떼어버리고 왔는데, 너희 얼굴을 보니 참을 수밖에 없다."라고, 소리치던 그 십자가가 어이없게 거실 벽 한가운데 턱 하니 걸려있으니, 무속신앙에 길든 분께서 나름 힘드셨을 것이다. 처음 시작한 농사 일부러라도 서툰 것처럼 씨 뿌리고 수확할 때마다 시어머니께 물어보아야 하는데, 논농사 밭농사를 자기들 마음대로 짓는 게 아닌가 말이다. 게다가 괘씸한 아들 며느리가 예전부터 농사를 지어 본 것처럼 농작물을 여우처럼 가꾸어 놓고, 한 술 더해서 남들보다 소출도 많으니, 심술을 부리고도 남을 일이다.

그나마 여기까지는 참을 수 있었다. 어느 날부터 당신이 감춰 둔 돈 십만 원을 누가 훔쳐 갔다며 난리다. 그것도 이웃에 사는 젊은 여자의 짓이라고, 나중에는 불에 태워야 마땅할 허접스러운 물건까지 이리저리 숨겨놓으셨다. 아들이 아침마다 날라다 드리는 음식도 그리하셔서 먹을 수 없게 되었다. 어이없게도 당신이 감춰 둔 물건을 찾아내라고 수시로 찾아오시는데, 당하는 사람은 미치지 않는 게 이상할 정도였다. 그렇다고 병든 부모에게 어찌할 수 없는 노릇이어서 "컹컹 컹" 개가 짖는 소리를 신호로 옥상으로 뛰어오르기를 반복했다. 증상이 심해지자 입고 있는 바지에 큰 볼일 작은 볼일 처리도 못 하신 채 여전히 아들네 집을 드나 드셨다. 수돗가에서 뒤처리할 때 시어머니는 더러운 그걸 발로 밟아대고, 며느리의 못된 손바닥이 시어머니 엉덩이에서 악을 썼다.

세월 이기는 장사가 없다더니, 주치의 말이 어머니께서 곧 돌아가실 거라 한다. 시누이가 달래고 내가 달래서 간신이 우리 집으로 모셔 왔다. 모셔 왔으니 잘 구슬리어 대세를 받으셔야 하는데, 이만저만 걱정이 아니다. 뜻밖에 하느님의 은총이 절을 좋아하는 시누이에게 내렸다. "며느리가 하자는 대로 하시고 좋은 곳으로 가세요."라는 딸의 부탁을 받아들이시어 안나 세례명으로 대세를 받으셨다. 집안의 대소사조차 무당과 상의하여 결정하시던 시어머니, 죽음의 복도 많으셔서 우리 집 거실에서 민영환 토마스모어 신부님께 장례미사까지 받으셨다. 또 감사하게도 며느리의 부탁을 선뜻 받아들이신 아비님(요셉)과 매일 저녁 '부모를 위한 기도'를 아들 며느리에게 이십 년째 받고 계시지 않은가.

삼십 년의 긴 세월이 흐르는 동안 시어머니의 지나친 간섭이 지속되었으니, 남편과 사이가 좋을 리 만무하다. 잠자코 있으려니 죽을 것 같아서 낮 시간 시어머니에게 당한 화풀이를 저녁 시간에는 죄 없는 남편에게 퍼부었다. 남편의 고통을 생각하지 못한 미련한 처사를 "레위기 19장 18절 너희는 동포에게 앙갚음하거나 앙심을 품어서는 안 된다." 하는 성서 말씀을 읽으면서 깨달았다. 그리고 남편의 손잡고 사과했다. 더구나 우울증으로 시달리는 마누라 때문에 그 어려운 농사일 혼자 감당했으니, 짚고 넘어가야 할 것 같아서다. "알았어요, 알았어!" 이 남자의 시원한 답이다.

고통의 부산물이 바로 우울증이다. 김포우리병원에서 일 년 넘게 치료를 받아도 좋아질 기미가 전혀 보이지 않고 왼 종일 잠자는 게 일과였다. 억지로 약을 끊어서일까? 자식들 생일과 친정 부모님의 세례명조차 기억이 나질 않을뿐더러 자동차 몰고 엉뚱한 길로 들어서기도 했다. 검단 탑 병원에서 검사를 받아 본 결과 머릿속에서 기억을 관리하는 시스템이 세 곳이나 막혀있는 상태란다. 그 병원에서 처방한 약을 먹어도 별반 차도가 없다 해서 또 약을 끊어버렸다.

우울증이 다 빠져나간 지금, 보통 사람들보다 기억력이 월등하다. 낮에는 남편과 오순도순 농사일하고, 저녁기도로 하루를 마무리한다. 어느 수녀님이 그러시는데, "하느님은 농부시니, 농사짓는 사람은 하느님과 더불어 살아가는 것이다."라고 하신다. 하느님 창조 사업의 조력자 농사꾼 부부에게 이보다 더 복된 삶이 또 어디에 있을지 싶다. "주일 미사참례 이 십여 년 넘게 개근했는데 상 안 주나?" 남편의 말이다. "담에 천당 가서 하느님께 받으셔" 하자 "지금 받고 싶어"라고 한다. 하느님의 뜻이 우리 부부에게 쉼 없이 이루어지고 있는데, 아이고! 뭘 더 바라는지 모르겠다.

닭을 기르고 시(詩)를 기른다

김포문화와 역사의 저자
작가 정현채

시인님의 용강리 집에 처음 갔을 때가 20년 전이다. 이곳은 민통선 마을로 주민 방문이나 합당한 목적이 있어야 출입할 수 있는 곳이다. 용강리는 다섯 개의 산봉우리를 연결한 일월오봉도(日月五峯圖)처럼 봉우리와 봉우리로 이어진 문수산의 아름다운 자락에 있으며, 바닥에서 물이 솟아나는 용연(龍淵)을 비롯하여 용(龍) 이야기가 마을 곳곳에 뿌리를 내리고 있는 흥미로운 마을이다. 1990년도 하반기부터 어린이날 행사와 민속 문화 조사로 자주 드나들었던 시기에 시인님 집을 방문하여 시집을 받았던 기억이 새롭다.

김포에 있는 여러 마을을 다녔지만, 마을문화를 시와 수필로 이어가는 주민을 만나지 못했다. 마을문화를 시로 이어가는 시인의 뜻이 마을에 대한 사랑으로 다가왔다. 그중에서 하나는 용강리 쐐기뿌리에 묘가 있는 이계월이다. 오랜 세월 동안 전해오는 이계월은 애칭인 "이기울"로 유명하다. 이기울의 인연으로 처음 댁을 방문하여 시집을 받았을 때 맑고 깨끗한 분이라는 인상을 받았다. 그 뒤로 왕래가 없었다가 재작년에 이사를 오면서 이웃 주민으로 뵙게 되었다. 기억하지 못할 줄 알았는데 단번에 알아보고 반갑게 맞아주어 감사했다.

마을 주민으로 사계절을 두 번 지나면서 제철 채소와 과일, 꽃나무 등등 무얼 그리도 가져다주시는지 어린 시절 고향에서 보았던 풍경을 여기서 느끼게 되었다. 덕분이다. 용강리는 밤은 어둡고 낮은 밝다. 해와 달이 구름 말고는 걸리는 것이 없다. 자연마을에서 해와 달의 길을 따라 순응하며 "까미와 하미"와 함께 시를 기르는 맑고 밝은 모습은 그때나 지금이나 여전하시다. 세월이 지났어도 변함없이 밭을 일구고 꽃을 가꾸고 닭을 기른다.

올 2월에 우리 집에 오셨을 때 띠를 여쭈었다. 닭이라고 하시길래 여기가 계룡이라고 농담 삼아 답했었다. 시인님이 닭(酉)띠이니 '계(鷄)'요 사는 터전이 '용(龍)' 마을이니 계룡이다. 책 이름도 까미와 하미다. 닭은 학(鶴)으로 표현하기도 하고 풍(風)에 해당한다. 바람은 높고 낮음을 가리지 않는다. 바람이 움직이는 곳에 생명이 움튼다. 봄날에 조강의 물안개가 강바람을 타고 문수산 골을 산바람으로 올라가는 모습은 백학(白鶴)이 무리를 지어 춤을 추는 형상이다.

시인에게 까미와 하미는 닭이요 학이요 바람이요 어미요 자식이다. 병아리에서 어미 닭으로 성장하는 모습과 보살핌에서 자식을 품어 기르고 뒷바라지하는 어머니의 따뜻함이 배어난다. 추운 겨울에는 손이 시린 대로, 따뜻한 봄에는 온풍의 기운으로 밭에서 주방에서 마당에서 책상에서 소리 없는 바람처럼 생명을 보듬고 살아왔다. 앞마당에 달이 뜨면 달이 예쁘고 앞산에 소쩍새가 울면 어머니를 그리며 하느님의 사랑을 가슴에 품고 기도하며 살아온 세월이다.

깨끗하고 순수한 아름다움으로 시를 기르고 꽃을 가꾸며 만수를 누리시기를 바랍니다. 부족한 저에게 글을 쓰는 영광의 자리를 마련해주어 감사합니다. 고맙습니다.

1판 1쇄 2024년 5월 17일

글 신상숙

펴낸이 모계영 **펴낸곳** 가치창조 **출판등록** 제406-2012-000041호
주소 경기도 고양시 일산동구 중앙로1347, 228호(장항동, 쌍용플래티넘)
전화 070-7733-3227 **팩스** 031-916-2375 **이메일** shwimbook@hanmail.net

ISBN 978-89-6301-346-6 03810

문학세상 은 가치창조 출판그룹의 문학 전문 브랜드입니다.